STÉPHANE BERN

Les Énigmes de l'Histoire
LE LOUVRE

fayard

SOMMAIRE

Les grandes énigmes du Louvre

Si le Louvre est aujourd'hui célèbre dans le monde entier, c'est avant tout pour le fabuleux musée qu'il abrite, mais moins pour son histoire qui est souvent méconnue du public. Et pourtant, quelle histoire ! Tour à tour forteresse médiévale, immense palais royal, centre d'art et de sciences, musée et lieu de pouvoir, le Louvre est le champion des métamorphoses réussies, jusqu'à celle qui a fait de lui le « plus grand musée du monde », selon l'expression consacrée. En plus de 800 ans d'existence, il a tout connu : depuis les crises du Moyen Âge jusqu'à l'essor des Trente glorieuses, en passant par la Révolution ou l'exode de 1940, lors duquel les œuvres du musée quittent la capitale comme des millions de Français lancés sur les routes, son histoire se confond intimement avec celle de notre pays. Elle en épouse d'ailleurs les paradoxes, car s'il a été voulu par le roi et constitué à partir des collections royales, le musée a ouvert en pleine Révolution en se présentant comme celui du peuple, et n'allait pas tarder à devenir la vitrine des conquêtes de l'empereur Napoléon... À l'image d'un décor de roman d'aventures, le Louvre a parfois été le théâtre d'épisodes violents, comme l'assassinat de Concini ou la terrible nuit de la Saint-Barthélemy, mais aussi d'amours impossibles comme celles de Louis XIV avec Marie Mancini, de touchantes scènes de famille entre Henri IV et ses enfants, de séductions et d'intrigues avec la sulfureuse duchesse de Chevreuse, de bras de fer politiques entre Henri III et le duc de Guise, d'éclosion de grands talents avec Molière ou Delacroix, de rivalités et de duels sanglants entre les favoris du roi, ou encore de drames familiaux entre Louis XIII et sa mère Marie de Médicis. Le Louvre est aussi un lieu placé sous le sceau des femmes, car au-delà des égéries que sont aujourd'hui la Joconde ou la Vénus de Milo, de grandes souveraines comme Anne d'Autriche et Catherine de Médicis ont marqué l'édifice de leur empreinte, tandis que la reine Margot et la reine Christine de Suède y ont laissé des souvenirs impérissables. Au-delà de ces grandes figures, enfin, l'histoire du Louvre fourmille d'anecdotes improbables, parfois à peine croyables : qui pourrait imaginer aujourd'hui qu'on a organisé une chasse au renard dans la Grande Galerie ? Que Pablo Picasso a été accusé du vol de la Joconde ? Que certains des plus grands chefs-d'œuvre du musée ont été gagnés par Louis XIV au cours d'une partie de jeu de paume ? Ou encore que la majestueuse Cour Carrée a été occupée autrefois par un véritable bidonville et une population digne de la cour des miracles ? L'histoire du Louvre, c'est tout cela à la fois : une succession d'événements où le grandiose et le sublime côtoient le trivial et le rocambolesque. C'est cette histoire aux reflets infinis, presque aussi riche que les prodigieuses collections du musée, que je vous propose de découvrir.

Pourquoi le Louvre s'appelle-t-il le Louvre ?

C'est le plus ancien secret du Louvre, et peut-être le mieux gardé... Alors que près de neuf millions de visiteurs arpentent le musée chaque année, bien peu connaissent la réponse à cette simple question : pourquoi le Louvre s'appelle-t-il « le Louvre » ? Bien sûr, le musée actuel a repris le nom du palais des rois de France qui l'héberge, mais d'où vient ce nom si particulier ? Pour le savoir, il faut remonter plus de 800 ans en arrière, à la fin du XII*e* *siècle, alors que Paris n'est encore qu'une cité médiévale aux allures bien modestes...*

Les loups rôdaient-ils dans Paris ?

Au début du règne de Philippe Auguste, en 1180, la ville de Paris figure parmi les plus peuplées du royaume, même si elle ne compte guère que 20 000 habitants ! L'agglomération s'articule alors en trois quartiers distincts, autour de la Seine : sur l'île de la Cité, très densément peuplée, les maisons s'entassent autour du palais des rois de France et de la cathédrale Notre-Dame, dont la construction bat son plein. La rive gauche a des faux airs de campagne : l'habitat se concentre autour des grandes abbayes, mais il reste beaucoup de prés et de friches,

Au début du règne de Philippe Auguste, en 1180, la ville de Paris figure parmi les plus peuplées du royaume.

qui ne seront urbanisés que progressivement. La rive droite, enfin, constitue le quartier le plus peuplé et le plus actif : on y trouve les quais, les marchés, les rues commerçantes et, bientôt, les toutes premières Halles de Paris. C'est de ce côté du fleuve, en bordure de la ville et presque sur les berges de la Seine, que le roi s'apprête à faire construire un château flambant neuf, dans un lieu-dit connu déjà sous le nom de « Louvre ».

Mais que signifie ce toponyme ? Bien des explications ont été proposées par les linguistes du monde entier. Le « Louvre » viendrait-il du saxon *lower*, qui signifie lieu fortifié ? C'est peu probable, puisqu'il n'existait ici aucune fortification avant la construction du château. Du latin *rubra* (rouge), à cause de la teinte particulière de la terre sur les berges du fleuve ? Là encore, l'explication est contestée. Si l'on en croit l'opinion majoritaire, il semble plus vraisemblable que le mot « Louvre » provienne du latin *lupara*, ou *lupera*, qui désignerait une « louverie », un chenil destiné à la chasse au loup. En effet, les loups présents dans les forêts aux alentours de Paris n'hésitaient pas à venir rôder jusque dans les faubourgs de la ville, surtout l'hiver lorsque les proies se faisaient rares. Les Parisiens devaient alors les chasser à l'aide de meutes de chiens, d'où la présence de louveries à la périphérie de la cité.

Toutefois, certains spécialistes contestent cette version des faits, de sorte que le Louvre gardera peut-être le secret de son nom à jamais... L'explication de la louverie a au moins le mérite de rappeler qu'à l'origine, le château du Louvre ne se trouvait pas en plein cœur de Paris comme aujourd'hui, mais en bordure de la ville, en contact direct avec la campagne. Alors, pourquoi Philippe Auguste a-t-il érigé un château à cet endroit précis ?

Une forteresse, pour quoi faire ?

La forteresse du Louvre n'a pas été construite pour affronter les loups, mais pour faire face à une menace plus redoutable : celle d'un des plus valeureux guerriers du Moyen Âge, le roi d'Angleterre Richard Cœur de Lion, maître de la Normandie toute proche. Entre Richard et Philippe Auguste, c'est une longue histoire : dans leur jeunesse, ils étaient si proches qu'ils avaient parfois dormi dans le même lit ! Mais plus tard, les deux souverains étaient partis en croisade ensemble, et les choses avaient dégénéré : Richard ayant la fâcheuse habitude d'attirer toute la gloire sur lui, Philippe avait fini par en prendre ombrage. Il avait alors quitté la Terre Sainte plus tôt que prévu... pour s'emparer des domaines de Richard en France ! Mais une fois le roi d'Angleterre revenu, en 1194, ce n'est plus si facile : méritant son surnom de Cœur de Lion, Richard triomphe sur les champs de bataille. Bientôt, il ne se contente plus de défendre ses domaines, mais attaque ceux de Philippe

Auguste ! En tant que duc de Normandie, il se permet même de construire une énorme forteresse – Château-Gaillard – pour surveiller la vallée de la Seine, à moins de cent kilomètres de Paris. Et voilà que le roi d'Angleterre fanfaronne déjà sur la façon dont il va partager les quartiers de la ville entre ses chevaliers…

Méritant son surnom de Cœur de Lion, Richard triomphe sur les champs de bataille.

Pour Philippe Auguste, l'heure est grave : il faut défendre Paris, en édifiant une puissante forteresse. Mais où l'implanter ? Avant de partir en croisade, le roi avait lancé la construction d'une vaste enceinte fortifiée autour de l'agglomération de la rive droite. Pour que le nouveau château puisse contribuer lui aussi à la défense de la ville, il faut alors le bâtir sur le tracé même de cette nouvelle fortification. Et quel endroit mieux choisi pour cela que les berges de la Seine, du côté ouest de la ville, face à la Normandie d'où peuvent arriver les offensives anglaises ? Alors que Richard Cœur de Lion termine l'impressionnant Château-Gaillard, le château du Louvre devient en quelque sorte la réponse de Philippe Auguste à son rival.

UN CHÂTEAU EN SOUS-SOL ?

Pour sa nouvelle forteresse, Philippe Auguste ne peut pas rivaliser en puissance avec Château-Gaillard. Il faut alors se démarquer par l'architecture : son château sera le premier d'un genre nouveau. Il prend la forme d'une enceinte carrée d'environ 70 mètres de côté, entièrement entourée de fossés et flanquée de tours à archères. Au centre de la cour prend place un imposant donjon cylindrique, défendu par un fossé annulaire. Enfin, implanté sur le tracé de la grande enceinte urbaine de la rive droite, ce nouveau château est doté de deux porteries, l'une tournée vers la ville, et l'autre vers la campagne. Cette disposition particulière garantit au roi le contrôle de Paris, car le château agit alors comme une sorte de porte sécurisée permettant aux forces royales d'entrer ou de sortir de la ville à sa guise, sans avoir à compter sur les Parisiens.

S'il abrite quelques logis, le Louvre construit par Philippe Auguste à la veille de l'an 1200 est une authentique forteresse, qui n'ouvre vers l'extérieur que par des créneaux et des archères, soit des ouvertures étroites pour tirer à l'arc ou à l'arbalète. Rien à voir avec notre palais du Louvre actuel, et pourtant... le Louvre de Philippe Auguste est encore visible aujourd'hui, du moins en partie ! Dans les sous-sols de la Cour Carrée en effet, les bases du château construit à la fin du XIIe siècle sont toujours présentes, et intégrées au parcours de visite du musée. Qui aurait cru, à l'époque, que des millions de touristes de toutes les nationalités défileraient un jour dans les fossés de cette forteresse ?

Le château du Louvre devient la réponse de Philippe Auguste à son rival anglais.

Les visiteurs d'aujourd'hui viennent admirer la base du donjon construit par Philippe Auguste, qui prend la forme d'un énorme tronc de cône plein de maçonneries. Au-dessus se développaient autrefois trois niveaux, chacun couvert par une voûte d'ogives, et tous desservis par un escalier en vis aménagé à l'intérieur même du mur, qui atteignait plus de quatre mètres d'épaisseur ! Pour accéder à ce donjon, il fallait non seulement franchir la passerelle qui enjambait le fossé, passer une porte à pont-levis, puis se faire ouvrir une porte blindée à la base de l'escalier. Pourquoi tant de précautions ? Tout simplement parce que le donjon de Philippe Auguste abritait une partie du trésor royal ! En outre, il pouvait servir aussi de chambre de sécurité pour le roi lui-même, en cas de guerre ou de troubles. À cette époque toutefois, le souverain ne loge que rarement au Louvre, auquel il préfère la résidence bien plus confortable du palais de la Cité.

Au cours du XIIIe siècle, alors même que Paris voit sa population décupler pour devenir la deuxième plus grande ville d'Europe, les séjours du roi au Louvre se font plus fréquents. Et pour qu'ils soient plus agréables, Saint Louis et Philippe le Bel agrandissent les logis, tandis qu'on profite alors de l'espace disponible aux alentours pour installer des jardins, ou pour organiser des tournois. Toutefois, l'environnement du château évolue rapidement : autrefois au milieu des champs, le Louvre se trouve désormais dans une zone semi-urbaine, où les princes, attirés par la présence du roi, ne tardent pas à édifier des hôtels particuliers. Mais si le paysage change, le château royal évolue peu : on reconnaît toujours la forteresse de Philippe Auguste. Pour que le Louvre change radicalement d'aspect, il faut attendre la seconde moitié du XIVe siècle...

Le saviez-vous ?

Le Louvre, une prison de luxe ?

Le Louvre de Philippe Auguste ne sera finalement jamais utilisé pour la défense de Paris. Dès 1199, la mort de Richard Cœur de Lion change la donne géopolitique, car le roi d'Angleterre laisse la Couronne à son frère Jean sans Terre, un souverain inconstant, gaffeur et veule… Un piètre adversaire pour Philippe Auguste, qui renverse bien vite la situation, reprenant alors aux Plantagenêts la plupart des domaines qu'ils possédaient en France. Cependant, Jean sans Terre n'a pas dit son dernier mot : en 1214, il soulève contre son rival français une vaste coalition européenne. Philippe Auguste doit alors affronter simultanément le royaume d'Angleterre, le très puissant comté de Flandre et le Saint-Empire germanique ! Mais contre toute attente, le roi de France triomphe de ses adversaires à la bataille de Bouvines, où il parvient même à capturer le comte de Flandre en personne. Et alors que la victoire est fêtée partout dans le royaume, c'est dans sa forteresse du Louvre que Philippe Auguste fait enfermer son prestigieux captif, lequel devait y passer douze longues années. Le comte de Flandre est ainsi devenu le premier d'une longue série de prisonniers de marque ayant séjourné au Louvre au cours du Moyen Âge… Ce rôle carcéral confère dès lors au Louvre une fonction nouvelle, bien éloignée de sa vocation défensive initiale.

Peu à peu, la forteresse devient aussi un symbole du pouvoir royal et de sa domination sur ses ennemis. Cette évolution marque les débuts d'une longue transformation architecturale et politique du lieu.

Pourquoi le Louvre est-il devenu un palais royal ?

Il est bien révolu, le temps où Philippe Auguste tenait tête à l'Europe entière à la bataille de Bouvines ! En ce milieu du XIV*e siècle, la France vient d'être battue à plate couture par les Anglais. Pire encore, le roi a été fait prisonnier par l'ennemi, plongeant ainsi le royaume dans un marasme politique sans précédent. Au cours de cette période troublée, un futur roi est confronté à un événement si traumatisant qu'il pourrait bien avoir eu des conséquences décisives sur l'histoire du Louvre…*

Un traumatisme décisif ?

Les visiteurs assidus du Louvre connaissent bien Jean le Bon, dont le visage et la belle chevelure figurent sur l'un des plus anciens portraits connus en Europe. Mais le roi Jean n'est pas qu'un modèle de peinture : c'est aussi un roi chevaleresque et pétri d'honneur. Un peu trop, peut-être : en 1356, à la bataille de Poitiers, où il se bat avec grand courage, le roi préfère être fait prisonnier par les Anglais plutôt que de reculer d'un pouce ! Or, sa capture place le royaume dans une très mauvaise posture, car alors même qu'il faut réunir une rançon gigantesque pour obtenir sa libération, la régence repose sur les frêles épaules

Jean le Bon, dont le visage et la belle chevelure figurent sur l'un des plus anciens portraits connus en Europe, est un roi chevaleresque et pétri d'honneur.

du Dauphin Charles, le futur roi Charles V, âgé de dix-huit ans seulement. Profitant de cette crise, Étienne Marcel, le prévôt des marchands de Paris, prétend placer le jeune Dauphin sous la coupe de l'usurpateur Charles de Navarre qui souhaite s'emparer du trône de France. La situation du pouvoir royal est alors terriblement précaire, et pourtant, elle va encore empirer…

Au début de l'année 1358, la nouvelle de l'acceptation par Jean le Bon du traité de Londres, qui cède un tiers du territoire de son royaume à l'Angleterre, provoque un tollé qu'Étienne Marcel s'empresse d'utiliser. Le 22 février, le prévôt des marchands déclenche une émeute : dans les rues de Paris, 3 000 bourgeois armés jusqu'aux dents s'en prennent à l'un des négociateurs du traité, qui se réfugie dans une pâtisserie où il finit égorgé avec ses proches… Mais cela ne s'arrête pas là : les émeutiers veulent s'en prendre au Dauphin en personne et envahissent le palais de la Cité ! Le jeune Charles est alors surpris dans sa chambre, où Étienne Marcel fait égorger sous ses yeux deux de ses maréchaux. Impuissant face à cet acte de violence sordide, le Dauphin Charles pense alors que sa dernière heure est arrivée, mais il en sera quitte pour une avanie publique : devant la foule déchaînée, il est coiffé du chaperon rouge et bleu des émeutiers, tandis qu'Étienne Marcel porte lui-même le chapeau du Dauphin… Pour un futur roi, l'humiliation est terrible, mais au moins, Charles a la vie sauve, car Étienne Marcel pense pouvoir l'utiliser. Grave erreur car, du haut de ses vingt ans, le futur Charles V va se révéler un redoutable adversaire.

Étienne Marcel finit massacré par les Parisiens alors qu'il tente d'ouvrir les portes de la ville à Charles de Navarre.

Parvenant à échapper au contrôle d'Étienne Marcel, le Dauphin se réfugie dans l'est du royaume, d'où il prépare sa riposte. Désormais seuls maîtres de Paris, Étienne Marcel et ses partisans s'emparent alors du château du Louvre, et s'efforcent de le mettre en état de défense : il faut en faire une forteresse imprenable, car Paris se prépare alors à un combat acharné... qui n'aura finalement pas lieu ! En effet, Étienne Marcel finit massacré par les Parisiens alors qu'il tente d'ouvrir les portes de la ville à Charles de Navarre. Le 2 août 1358, c'est finalement le Dauphin qui fait une entrée triomphale. Acclamé par la foule, il se montre clément avec les Parisiens, mais n'a pas oublié la leçon pour autant : il sait désormais que le palais de la Cité est vulnérable aux émeutes. Lorsqu'il sera roi, il lui faudra disposer, à Paris, d'une résidence à l'abri de toute attaque. Ce sera le château du Louvre, mais dans une version transfigurée...

Lorsque le Dauphin sera roi, il lui faudra disposer, à Paris, d'une résidence à l'abri de toute attaque. Ce sera le château du Louvre, mais dans une version transfigurée...

La métamorphose d'un château !

Devenu roi en 1364, à l'âge de vingt-six ans, Charles V ne peut se contenter du château du Louvre tel qu'il l'a hérité de ses prédécesseurs, et qui ne contient que quelques logis poussiéreux au sein d'une forteresse âgée de plus de 150 ans. De ce vieux château, il veut faire un véritable palais, le plus luxueux de toute l'Europe. Et pour cela, il fait appel au plus grand architecte de son temps, Raymond du Temple, mais aussi aux meilleurs

Charles V ne peut se contenter du château du Louvre tel qu'il l'a hérité de ses prédécesseurs.

sculpteurs, Guy de Dammartin et Jean de Liège. Lui-même connaisseur en architecture, le roi participe sans doute également à la conception du nouveau palais.

Le Louvre opère alors une véritable métamorphose : les épaisses murailles sont percées de fenêtres et largement surélevées, les tours sont couronnées de toitures élancées, de mâchicoulis graciles et d'élégantes cheminées, tandis que l'ensemble se couvre d'un riche décor sculpté... une véritable dentelle de pierre ! À l'intérieur, tout l'espace autour de la cour est désormais occupé par quatre grandes ailes de logis à plusieurs étages, capables de loger le roi, la reine Jeanne de Bourbon, mais aussi leurs enfants et toute la cour. Le nombre d'étages imposait de créer de nombreux escaliers, qui prennent chacun la forme d'une vis – ou colimaçon – de façon à économiser de la place. Mais pour l'escalier d'apparat, le traditionnel « grand degré », comment faire ? Impossible de créer une ample volée de marches pyramidale dans la cour, comme on en avait l'habitude : le fossé du donjon de Philippe Auguste, qui frôle le logis, l'interdit. Alors Raymond du Temple a une idée de génie : donner à l'escalier d'apparat la forme d'un escalier en vis, dans une tourelle ajourée et somptueusement décorée. Il suffit de faire légèrement déborder l'ouvrage sur le fossé du donjon, et le tour est joué : une magnifique « grande vis » voit le jour, la toute première du genre.

À l'intérieur des logis, enfin, le décor est somptueux : cheminées sculptées, pavements armoriés en céramique, peintures murales, tapisseries, mobilier sculpté, vaisselle en or et argent, aiguières en cristal, émaux en tous genres, draps d'or, velours, tissus précieux… un vrai déluge de luxe pour l'époque ! Au terme de cette transfiguration, le Louvre devient l'un des plus beaux palais d'Europe. Le cadre idéal pour éblouir les hôtes les plus importants, comme l'empereur Charles IV : lors de sa visite à Paris en 1378, l'empereur est conduit au Louvre depuis le palais de la Cité, en empruntant la barque royale sur la Seine.

Le roi Charles V, premier bibliothécaire du Louvre

Le Louvre de Charles V n'est pas seulement un palais dédié à l'ostentation, mais c'est aussi un lieu de savoir et de culture. En effet, le roi installe dans une des tours du château sa « librairie », c'est-à-dire la bibliothèque royale, celle qui devait donner naissance, des siècles plus tard, à notre Bibliothèque nationale de France ! Bien sûr, près d'un siècle avant l'invention de l'imprimerie, ce ne sont pas encore des millions de livres qui

Le Louvre devient l'un des plus beaux palais d'Europe. Le cadre idéal pour éblouir les hôtes les plus importants.

Charles V installe dans une des tours du château sa bibliothèque royale, celle qui devait donner naissance, des siècles plus tard, à notre Bibliothèque nationale de France !

se bousculent sur les étagères : la librairie du roi compte tout au plus 1 300 volumes, prenant la forme de magnifiques livres enluminés. En outre, le contenu brille par sa diversité : loin de se limiter aux écritures religieuses, les livres du roi abordent tous les sujets, depuis la politique jusqu'à la médecine, en passant par l'astronomie, les mathématiques, la géométrie ou encore les romans de chevalerie… Un véritable trésor de connaissance pour l'époque, qui plus est dans un cadre magnifique : la bibliothèque occupe trois étages de la tour, dont les voûtes et les murs sont couverts de lambris de cyprès pour garder la chaleur et éloigner les insectes.

Féru de culture, Charles V aime beaucoup se retirer en fin d'après-midi dans sa librairie, où il reste plongé dans ses lectures jusqu'à l'heure du souper – ce n'est pas pour rien que la postérité l'a surnommé « le Sage » ! D'ailleurs, le roi ne se contente pas de lire : en grand mécène, il commande la réalisation d'œuvres prestigieuses comme les *Grandes Chroniques de France*, un chef-d'œuvre aujourd'hui conservé à la Bibliothèque nationale, mais aussi de nombreuses copies ou traductions d'œuvres existantes. Dans la bibliothèque du Louvre travaillent d'ailleurs plusieurs copistes, enlumineurs et relieurs. Avec Charles V, plus de quatre siècles avant la naissance du musée, le Louvre est déjà un lieu de culture…

Le saviez-vous ?

Pourquoi le roi marchait-il sur des pierres tombales ?

Pour être à la fois majestueuse et facile à gravir, la « grande vis » conçue par Raymond du Temple pour le château du Louvre est très large : l'escalier atteint 4,50 mètres de diamètre, ce qui permet d'obtenir une pente très douce tout en facilitant les croisements. L'inconvénient est qu'un escalier aussi large constitue un défi technique, car chaque marche doit être composée d'une pierre monolithe, à la fois large, assez peu épaisse et particulièrement longue. Or, trouver des pierres d'une telle dimension et d'une telle qualité n'est pas chose aisée… et l'escalier doit en compter 83 au total ! Alors, faute de trouver suffisamment de pierres adéquates dans les carrières, et de façon à accélérer la construction, les constructeurs du Louvre font preuve de pragmatisme et vont au plus facile : on utilise d'anciennes pierres tombales, qui ont l'avantage de présenter les dimensions idéales. C'est pourquoi le roi et toutes les personnes qui ont emprunté la grande vis du Louvre marchaient sur des dalles funéraires. Un choix insolite, où chaque pas résonnait sur les vestiges du passé, mêlant grandeur royale et mémoire des morts.

Que faisait un casque d'or au fond d'un puits ?

C'est sans doute la plus belle surprise des fouilles de la Cour Carrée du Louvre en 1984 : au fond d'un puits, les archéologues découvrent les vestiges d'un magnifique casque couvert de feuilles d'or et orné de fleurs de lys... Mais que faisait un objet si précieux au fond d'un puits ? Qui a été assez fou pour s'en débarrasser ainsi ? C'est précisément ce que se demandent les archéologues qui l'ont retrouvé... Et c'est bel et bien de folie qu'il est question, car le propriétaire de ce casque n'est autre que le roi Charles VI le Fou, dont les accès de démence ont fini par mettre le royaume de France à la merci des Anglais...

Le Louvre, détruit à coups de maillets ?

Roi lettré et sage, refondateur du Louvre, Charles V était parvenu à reconquérir son propre royaume face aux Anglais. Malheureusement, ce grand souverain meurt prématurément, à seulement 42 ans, en 1380. Sur son lit de mort, Charles V avait accordé une dernière faveur à ses sujets, en supprimant les taxes sur les denrées alimentaires. Un geste apprécié, mais qui représentait un manque à gagner important pour l'État, alors que Charles VI, trop jeune pour régner, se trouvait sous la tutelle de ses oncles...

Le roi Charles VI le Fou, dont les accès de démence ont fini par mettre le royaume de France à la merci des Anglais...

Au début de l'année 1382, les taxes sont rétablies par les régents du royaume. Naturellement, cette décision est impopulaire, surtout à Paris où la bourgeoisie est toujours prompte à s'agiter... Le 1er mars, un incident anodin met le feu aux poudres : aux Halles, une modeste marchande de cresson est rudoyée par un percepteur qui l'oblige à payer sa gabelle. Ses collègues prennent alors sa défense et finissent par lyncher le percepteur, tandis que d'autres sont chassés à coups de pierres ! La révolte a déjà commencé. Rejoints par d'autres insurgés, les marchands des Halles se ruent à l'hôtel de ville, où l'on s'empare d'une formidable quantité de « maillets », qui sont de redoutables marteaux de guerre. Ainsi armés, les « Maillotins » s'en prennent aux usuriers, aux collecteurs d'impôts, aux banquiers... Bientôt, les portes de Paris sont fermées à tous les agents royaux. C'est une véritable insurrection contre la Couronne ! D'ailleurs, les insurgés parisiens se réunissent en assemblées, où l'on débat à propos de la façon de gouverner la ville... C'est alors qu'une idée est proposée : pourquoi ne pas détruire le Louvre, symbole du pouvoir royal à Paris ? La proposition est accueillie avec enthousiasme.

Le Louvre va-t-il finir comme la Bastille en 1789 ? Heureusement un marchand parvient à dissuader les Maillotins de s'en prendre au château royal. Une fois revenu de ses campagnes dans le nord de la France, Charles VI reprend le contrôle de Paris, où il rentre comme dans une ville conquise, en piétinant à cheval les vantaux de la porte Saint-Denis. Les Maillotins sont alors sommés de déposer leurs armes au Louvre et à la Bastille, et la répression est impitoyable…

Le palais d'un roi schizophrène…

Dix ans après la révolte des Maillotins, le calme est revenu dans le royaume : âgé de vingt-quatre ans, Charles VI règne désormais seul sur le royaume, qui est épargné par les fléaux de la guerre et des épidémies. Mais tout bascule un jour du mois d'août 1392 : alors qu'il voyage à travers la forêt du Mans, le roi est victime d'un brutal coup de folie et tue quatre de ses compagnons à coups d'épée. Il a sans doute été sujet à une crise de schizophrénie paranoïde. Quelques semaines plus tard, son état s'aggrave à la suite d'un terrible traumatisme : lors du bal des Ardents, que l'on donne à l'hôtel Saint-Pol à Paris, le roi échappe de peu à la mort et voit ses compagnons brûler vifs sous ses yeux, prisonniers de déguisements hautement inflammables. Dès lors, Charles VI sombre dans la folie : toute sa vie durant, il sera tourmenté par des crises de schizophrénie, alternant avec des périodes d'accalmie. La régence du royaume revient

Casque de parade de Charles VI, retrouvé au fond du puits du Louvre lors des fouilles de… 1984 !

aux oncles du roi, puis à son frère cadet, Louis d'Orléans.

Le roi ne peut compter que sur Odette de Champdivers, une jeune femme chargée de veiller sur lui, et qui devient sa maîtresse.

Quand Charles VI y réside, le Louvre devient le théâtre de bien tristes scènes. Lors de ses crises, le roi erre à travers les salles comme un égaré, hurlant comme un loup ou restant recroquevillé sur lui-même s'imaginant être aussi fragile que du verre... Aucun remède ne parvient à le soulager. Lors de ses accès les plus intenses, le roi ne reconnaît même plus sa propre épouse, Isabeau de Bavière, avec laquelle il peut se montrer violent. Crises et périodes de rémission se succèdent ainsi durant des décennies, comme un interminable calvaire. Pour sa consolation, le roi ne peut compter que sur Odette de Champdivers, une jeune femme chargée de veiller sur lui, et qui devient sa maîtresse : la naissance d'une fille illégitime viendra sanctionner cette union improbable entre le roi fou et la belle garde-malade...

Et ce fameux casque, retrouvé – en partie – au fond du puits du Louvre ? Un inventaire dressé en 1411 indique qu'il appartenait à Charles VI lui-même, dont c'était le casque de parade. Pour expliquer sa présence dans le puits, les archéologues en sont réduits à des hypothèses, mais on sait que les valets de

Charles VI profitaient souvent des crises de démence du roi pour le dépouiller discrètement de certains de ses biens. Un voleur audacieux aurait donc pu s'emparer du casque, arracher les plaques d'or les moins solidement fixées, puis se débarrasser du reste dans le puits, avant d'être pris...

La France se divise...

Du fait la démence de son frère, Louis d'Orléans est devenu régent du royaume, et aussi – dit la rumeur – l'amant de la reine Isabeau de Bavière. Mais le soir du 23 novembre 1407, alors qu'il vient de rendre visite à la reine, il est assassiné en pleine rue. Le commanditaire du meurtre ? Le duc de Bourgogne Jean Ier, dit Jean sans Peur, un cousin jaloux qui espérait devenir régent à son tour. Peine perdue : le 15 septembre 1408, dans la grande salle du Louvre, c'est la reine Isabeau qui est solennellement instituée régente du royaume. Six jours plus tard, dans la même salle, Valentine Visconti, la veuve de Louis d'Orléans, vient réclamer justice pour son mari défunt. La France se divise désormais entre les Bourguignons, qui soutiennent Jean sans Peur, et les Armagnacs, qui soutiennent les fils de Charles VI, héritiers légitimes du trône. Entre les deux, la guerre civile ne tarde pas à éclater et, bientôt, le roi d'Angleterre s'immisce dans l'affaire... La seconde partie de la guerre de Cent Ans vient de débuter.

Soutenus par la reine Isabeau, les Bourguignons se rendent maîtres de Paris en 1418. Le jeune Dauphin Charles, dernier fils de Charles VI, doit alors se réfugier à Bourges avec ses partisans, tandis que le Louvre est toujours occupé par le malheureux Charles VI, dont les crises de démence sont désormais presque permanentes. Enfin, alors que Jean sans Peur a été assassiné à son tour, les Bourguignons s'allient avec le roi d'Angleterre : le 21 mai 1420, le traité de Troyes met la France entre les mains d'Henry V. Ayant effectué son entrée à Paris le 1er décembre, le roi d'Angleterre s'installe alors au Louvre à son tour, où il préside des fêtes splendides. Marié à Catherine de France, l'une des filles de Charles VI, Henry V obtient de cette dernière un héritier. À la mort de Charles VI, enfin délivré de ses souffrances, c'est donc le tout petit Henry VI d'Angleterre qui hérite du trône de France, du moins selon le parti anglo-bourguignon. Mais le Dauphin Charles, devenu le roi Charles VII et surnommé par ses ennemis le « petit roi de Bourges », n'a pas dit son dernier mot...

Charles VII reprend le contrôle de son royaume et fait une entrée triomphale à Paris.

Maîtres de Paris durant dix-sept années, les Anglais délaissent vite le Louvre : le duc de Bedford, régent durant la minorité du petit Henry VI, fait transporter toute la bibliothèque de Charles V à l'hôtel Saint-Pol, où il réside. Mais avec l'aide de Jeanne d'Arc, Charles VII parvient finalement à reprendre le contrôle de son royaume. Le 12 novembre 1437, il fait une entrée triomphale à Paris et séjourne alors au Louvre. Pour mieux affirmer sa légitimité dynastique, le roi fait orner l'une des porteries avec des statues de son père et de lui-même. Cependant, Charles VII ne s'éternise pas au Louvre, auquel il préfère les résidences royales du Val de Loire, tout comme ses successeurs. Lorsque le palais parisien retrouvera son rôle de résidence royale, la France aura déjà quitté le Moyen Âge pour s'ouvrir à la Renaissance...

Le saviez-vous ?

Charles V et Jeanne de Bourbon : du Louvre… au Louvre !

C'est l'un des plus beaux vestiges du château médiéval du Louvre : aujourd'hui exposées au public dans le département des sculptures françaises, les deux statues de Charles V et de la reine Jeanne de Bourbon avaient été créées vers 1370 pour orner la porterie orientale du château, que le roi faisait alors transformer en palais. Elles avaient été conservées en place jusqu'au moment de la destruction de l'aile orientale du Louvre médiéval, autour de 1659. Chose rare à une époque où l'on méprise généralement l'art médiéval, on avait alors reconnu la beauté et la portée symbolique particulière de ces deux statues royales. Si bien qu'elles n'avaient pas été détruites, mais conservées aux côtés des statues antiques de la collection royale, alors exposées dans l'aile de la Petite Galerie. Mais à partir de la Révolution, les deux statues entament un étonnant périple : en à peine un demi-siècle, on les installe successivement au musée des Monuments français, au portail de l'église des Célestins à Paris et, enfin, à la basilique de Saint-Denis ! Finalement, en 1904, les deux statues sont attribuées au musée du Louvre et retrouvent le palais pour lequel elles avaient été créées, un demi-millénaire plus tôt…

Comment le Louvre est-il devenu le palais des rois ?

Le roi s'installant durablement au Louvre ? On n'avait pas vu ça depuis un siècle et demi ! Avec François Ier, le Louvre gagne ses galons de résidence royale par excellence, quitte à dire adieu à l'emblématique donjon hérité du Moyen Âge. Mais avant cela, le château fut aussi un nid d'amour pour un souverain vieillissant, un peu trop inspiré par sa belle et jeune épouse…

Louis XII est-il mort d'avoir trop fait l'amour ?

À l'aube du XVIe siècle, le Louvre n'est plus habité par les rois, qui lui préfèrent depuis longtemps les aimables résidences du Val de Loire. Le château parisien sert alors de prison, et surtout d'arsenal : armes et munitions sont entreposées dans les caves et jusque dans les anciens appartements royaux ! Le Louvre n'en garde pas moins un certain prestige : dans les années 1500, les officiers de la Prévôté de Paris, chassés du Grand Châtelet pour cause de travaux de rénovation, parviennent à s'installer

Louis XII est éperdument amoureux de la reine Anne de Bretagne, mais elle n'a pu lui donner que deux filles…

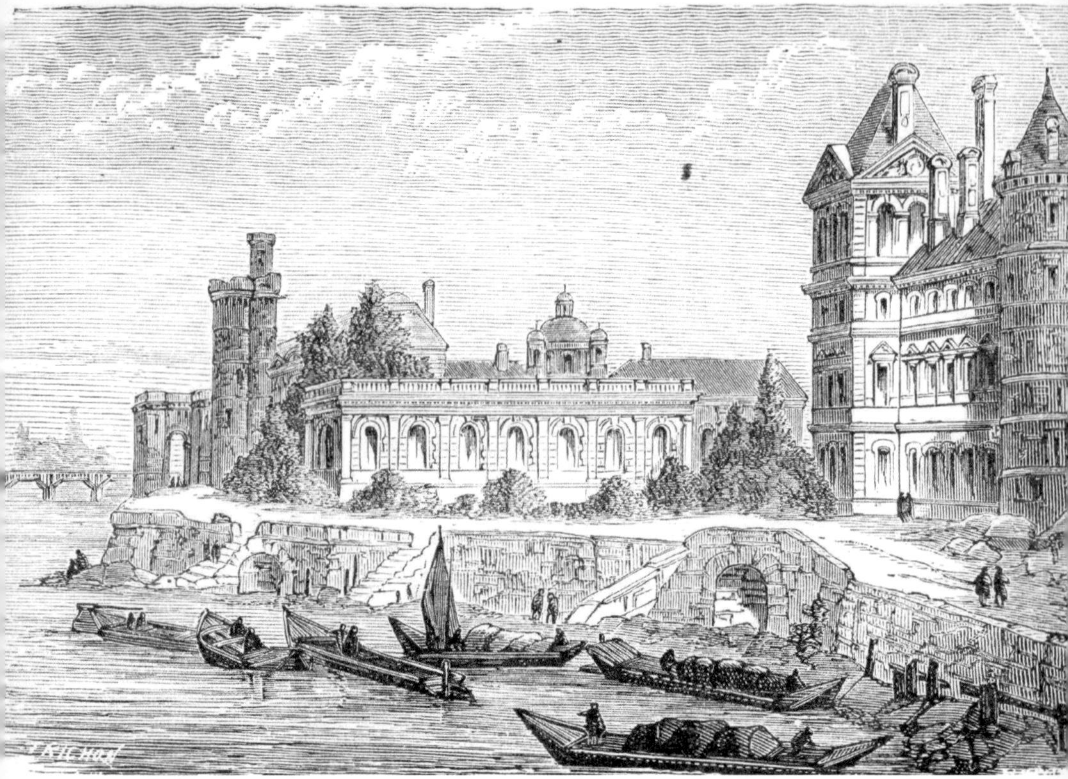

Avec François Ier, le Louvre gagne ses galons de résidence royale par excellence.

pour quelque temps dans l'ancien château royal. Ils s'y plaisent d'ailleurs tant que le roi Louis XII est obligé de les prier, à l'issue du chantier, de réintégrer le Châtelet… Peut-être le roi songeait-il déjà à récupérer le Louvre pour lui-même, mais il attendra plusieurs années encore avant d'y effectuer un séjour : ce n'est qu'en novembre 1514 que Louis XII s'installe au Louvre, sans savoir qu'il ne lui reste plus alors que deux mois à vivre…

Alors âgé de 52 ans, Louis XII a su gagner l'amour de ses sujets : la popularité qu'il a acquise de son vivant reste inégalée dans l'histoire de France. Certes, ses tentatives pour s'emparer du royaume de Naples, en Italie, se sont soldées par un échec cuisant, mais à l'intérieur de son royaume, Louis XII a gouverné avec sagesse et bienveillance. La plus belle de ses récompenses ? D'avoir été surnommé « le Père du peuple » par ses sujets, qui vivent alors dans un royaume prospère et pacifié. Pour Louis XII, il y a toutefois une ombre au tableau : son épouse, la reine Anne de Bretagne, dont il est éperdument amoureux, n'a pu lui donner que deux filles, et non le fils qu'il espérait pour lui succéder. Faute de mieux, l'héritier présomptif du trône reste donc son jeune cousin François d'Angoulême, le futur François Ier, que Louis XII n'apprécie guère : « *Ce gros garçon gâtera tout* », affirme-t-il ! Le 9 janvier 1514, c'est un malheur encore plus grand qui s'abat sur le roi : à seulement 36 ans, Anne de Bretagne est morte. Effondré d'avoir perdu l'amour de sa vie, Louis XII ne songe qu'à la rejoindre : « *Avant que soit passé l'an, je serai avec elle et lui tiendrai compagnie.* »

Mais le devoir d'un roi passe avant tout : dans l'espoir d'obtenir enfin un héritier, Louis XII se remarie dès le 9 octobre, avec une jeune princesse anglaise, Marie d'Angleterre, la sœur du roi Henry VIII. Dans la foulée de cette union, le roi s'installe au Louvre pour quelques semaines. Là, sans doute inspiré par sa jeune épouse de dix-huit ans, le souverain fait preuve d'un zèle absolu pour obtenir un héritier : bien qu'amaigri et souffrant de la goutte, le roi redouble d'ardeur au lit ! Malheureusement, ces efforts resteront vains, et ils pourraient même avoir précipité la fin de Louis XII, dont la tradition prétend qu'il serait mort d'épuisement amoureux… Ce n'est toutefois pas au Louvre qu'il s'éteint, mais à l'hôtel des Tournelles, une autre résidence royale parisienne. La mort dans l'âme, il désigne alors ce « gros garçon » de François d'Angoulême comme son successeur.

François Ier, sans domicile fixe

François d'Angoulême, désormais François Ier, ne va pas tarder à donner tort à son cousin qui doutait de lui… Dès le début de son règne, s'il délaisse le Louvre comme la plupart

François Ier s'impose comme un grand souverain et remporte une victoire glorieuse à Marignan en 1515.

de ses prédécesseurs, il s'impose comme un grand souverain : tentant à son tour l'aventure en Italie, il remporte une victoire glorieuse à Marignan en 1515, quelques mois seulement après son avènement. Mais dix ans plus tard, à Pavie et face à son rival Charles Quint, les anges de la victoire ne sont plus avec lui… Le désastre est total : l'armée française est vaincue et décimée, tandis que le roi lui-même a été capturé par l'ennemi. Les mauvais souvenirs de la captivité de Jean le Bon se raniment… François Ier lui-même résume bien la situation par le billet qu'il envoie à sa mère : « De toutes choses ne m'est demeuré que l'honneur et la vie qui est sauve », ce que la postérité traduira en « tout est perdu, fors l'honneur ».

Emmené captif à Madrid, François Ier obtient bientôt sa libération, mais au prix de la promesse d'une énorme rançon, et de l'envoi de ses deux fils comme otages. Lorsqu'il rentre en France au printemps 1526, le roi a donc une priorité absolue : trouver une énorme somme d'argent, mais où ? Tout simplement à Paris, dans les poches des bourgeois parisiens ! En échange de la généreuse participation de ces derniers, François Ier s'engage alors à « faire la plupart de notre demeure et séjour en nostre bonne ville et cité de Paris et alentour ». La présence du roi est en effet un gage de prospérité économique pour la capitale, car le souverain et sa cour dépensent sans compter. Dès lors, François Ier tient sa promesse : lorsqu'il n'est pas en campagne, il séjourne à Paris et dans les grands châteaux franciliens que sont Saint-Germain, Vincennes ou Fontainebleau. Mais dans la capitale même, où se loger ? Le palais de la Cité est depuis longtemps encombré par l'administration et le Parlement, tandis que l'hôtel Saint-Pol, ruineux, a fini par être vendu par lots. Quant à l'hôtel des Tournelles, il ne semble guère au goût de François Ier, qui se contente d'y loger sa mère Louise de Savoie. Reste donc le Louvre.

La destruction du donjon marque la fin d'une époque

De l'extérieur, le château du Louvre où souhaite s'installer François Ier a le mérite d'en « imposer » : c'est encore une véritable forteresse, dont les hauts murs flanqués de tours sont à même d'exprimer la puissance royale, tandis que ses fossés et ses portes fortifiées sont gages de sécurité. Mais à l'intérieur, l'édifice n'est pas très accueillant : le palais de Charles V a perdu de sa superbe. Les logis sont étriqués, irrationnels dans leur organisation, sombres et froids, tandis que la cour est encombrée par l'énorme donjon de Philippe Auguste. Depuis 150 ans, l'édifice n'a pratiquement pas changé, ou alors en mal ! Ce n'est pas digne d'une grande résidence royale, surtout pour un roi bâtisseur comme François Ier.

On procède alors à de premiers aménagements pour rendre le Louvre plus plaisant. Devant l'entrée orientale, on construit un jeu de paume, un sport dont le roi et ses familiers sont friands. Sur les berges de la Seine, jusqu'ici boueuses, on aménage un long quai pavé, ainsi que des lices qui pourront accueillir des fêtes et des tournois. À l'intérieur du château enfin, la priorité est de désencombrer la cour et de faire pénétrer la lumière. Pour cela, une seule solution : il faut sacrifier l'imposant donjon de Philippe Auguste, qui fait de l'ombre à tous les logis. Le démantèlement débute le 28 février 1528 et ne sera achevé qu'à la fin juin, après bien des efforts pour venir à bout des murs épais de quatre mètres ! Seule conservée, la base de la tour recouverte par les remblais alors qu'on rebouche le fossé. Le résultat ? Une cour dégagée et désormais ensoleillée. Parmi les contemporains, il se trouve tout de même quelques défenseurs du patrimoine avant l'heure pour regretter la disparition de la vieille tour : ainsi l'auteur du *Journal d'un bourgeois de Paris* affirme-t-il que « ce fut grand dommage de la démolir, car elle était très belle, haute et forte, et était appropriée à mettre prisonniers gens de grand renom ». En outre, le donjon était aussi le symbole du pouvoir féodal du roi : tous les fiefs du royaume en relevaient. Longtemps encore, d'ailleurs, on continuera à utiliser la formule rituelle disant que tel ou tel fief « relève de la tour du Louvre », alors même que la tour n'existe plus ! Mais le fait même que François Ier puisse désormais se passer de ce symbole montre combien l'autorité royale est désormais établie.

Le saviez-vous ?

Pourquoi François Ier portait-il la barbe ?

Sur son plus célèbre portrait du Louvre, réalisé par Jean Clouet vers 1530, François Ier arbore fièrement la barbe et des cheveux courts. Pourtant, au début de son règne, le jeune souverain à la stature impressionnante – il mesurait un mètre quatre-vingt-dix-huit ! – avait le visage glabre et portait les cheveux longs, comme le voulait la mode de l'époque. Mais tout change au début de l'année 1521, alors que la cour célèbre à Romorantin les fêtes de l'Épiphanie, durant lesquelles on s'amuse alors déjà à « tirer les rois », autour de l'ancêtre de notre galette. Et comme le sort a voulu que le comte de Saint-Pol trouve la fève, et qu'il porte donc la couronne, François Ier s'amuse à tenter de récupérer de force le précieux trophée. Un jeu amical qui se transforme rapidement… en une épique bataille de boules de neige ! Les partisans du roi font alors mine d'attaquer ceux du comte de Saint-Pol, réfugiés dans le logis. Cédant à la surenchère, les « assiégés » jettent alors sur les assaillants des pommes, des œufs, des objets de toutes sortes… et jusqu'à une bûche enflammée prise dans la cheminée. Jeté par la fenêtre, le tison atterrit malheureusement en plein sur la tête du roi ! On passe alors tout près de la catastrophe : assommé par le coup, François Ier a le visage et les cheveux en partie brûlés. Il reprend finalement conscience, mais conservera de l'incident une chevelure endommagée et une vilaine cicatrice à la joue. Soucieux de son apparence, le roi est donc contraint de se couper les cheveux, et de se laisser pousser la barbe de façon à dissimuler sa cicatrice. Une mode était née ! Celle de la barbe et des cheveux courts, qui devait rester en vigueur à la cour de France près d'un siècle.

Un tison atterrit en plein la tête du roi, il conservera une chevelure endommagée et une vilaine cicatrice à la joue.

Charles Quint est-il à l'origine du Louvre de la Renaissance ?

Au Louvre, François Ier ne se contente pas de supprimer l'encombrant donjon médiéval : à l'intérieur des logis, d'importants réaménagements permettent de mettre au goût du jour les vieilles salles médiévales. Par rapport aux grandes résidences contemporaines, le résultat n'est sans doute qu'à moitié satisfaisant, mais qu'importe : en 1530, François Ier s'installe au Louvre pour de bon. Cependant, pour transformer la vieille forteresse en un véritable château de la Renaissance, il faudra l'intervention… de l'ennemi juré du roi, reçu en grande pompe à Paris !

Coup de foudre royal au Louvre…

Une fois François Ier installé au Louvre, la vie de cour s'y écoule avec autant de faste que de régularité : dès le petit matin, les courtisans viennent assister au lever du souverain, lequel préside ensuite le Conseil des affaires, puis assiste à la messe en public. L'après-midi laisse une plus grande part aux divertissements : promenades, jeu de paume, chasse… Enfin, le convivial souper du soir est généralement suivi d'un bal, que l'on donne alors dans la grande salle de l'aile ouest.

En 1530, le Louvre est le théâtre de grandes festivités, pour l'arrivée de la nouvelle reine de France, Éléonore de Habsbourg, que François Ier vient d'épouser.

Outre ce quotidien bien réglé, le Louvre est régulièrement le théâtre de grandes festivités, comme celles organisées en 1530 pour l'arrivée de la nouvelle reine de France, Éléonore de Habsbourg, que François Ier vient d'épouser dans le cadre d'un rapprochement avec Charles Quint. Parmi bien d'autres réjouissances, on organise alors, au pied des murailles du Louvre, un grand tournoi au cours duquel se joue l'une des plus célèbres romances du XVIe siècle… Âgé de quinze ans, le prince Henri – futur Henri II – choisit de défendre les couleurs de la comtesse Diane de Poitiers, de seize ans son aînée. C'est le début d'une longue idylle, car toute sa vie durant, le fils de François Ier devait rester, à l'instar des héros des romans de chevalerie qu'il affectionne, le dévoué serviteur de la belle Diane…

Trois ans plus tard, toutefois, la raison politique finit par s'imposer aux élans du cœur, car on fête alors au Louvre l'arrivée de Catherine de Médicis, la nouvelle épouse du prince Henri. En 1537, c'est même un mariage royal que l'on célèbre dans les murs du château : celui de Madeleine de France, la fille du roi, avec le roi d'Écosse Jacques V Stuart. Excellent danseur, François Ier n'hésite pas à donner lui-même de sa personne lors de ces fêtes de cour raffinées et étonnantes que l'on donne au Louvre : pour le mariage de François de Clèves avec Marguerite de Bourbon-Vendôme, par exemple, le roi apparaît costumé en dieu Mars, tandis que ses fils jouent les satyres.

UN TAPIS ROUGE POUR L'ENNEMI JURÉ DU ROI !

De toutes les festivités données au Louvre sous François Ier, aucune n'égale celle donnée en janvier 1540 à l'occasion de la visite du plus grand souverain d'Europe : l'empereur Charles Quint. Que vient faire au Louvre l'ennemi juré de François Ier, celui qui l'a capturé à Pavie quinze ans plus tôt ? C'est tout simple : parti de Madrid, l'empereur doit traverser la France pour se rendre à Gand, et comme les relations avec l'Espagne sont en plein réchauffement, François Ier en profite pour accueillir son rival et l'éblouir un peu... À vrai dire, en lui déroulant le tapis rouge au Louvre, le roi de France espère surtout inciter Charles Quint à accorder le duché de Milan, tombé en déshérence, à l'un de ses fils. Et comme l'empereur vient déjà de passer les fêtes de Noël en compagnie du roi au superbe château de Fontainebleau, il faut que le Louvre puisse soutenir la comparaison... Alors, pour embellir le palais parisien, hors de question de regarder à la dépense : les travaux de décoration réalisés pour cette seule réception occupent tout un registre de comptes ! Dans la cour du château, on édifie un arc de triomphe éphémère décoré aux armes de l'empereur, ainsi qu'une incroyable statue de Vulcain, probablement en bronze : atteignant cinq mètres de hauteur, elle représente le dieu tenant d'une main un véritable flambeau, et de l'autre un marteau frappant l'enclume par un mouvement d'automate !

De toutes les festivités données au Louvre sous François Ier, aucune n'égale celle donnée en janvier 1540 à l'occasion de la visite de Charles Quint.

Grâce à cette débauche d'ostentation, François Ier parvient même à faire oublier l'étroitesse du Louvre médiéval, au sein duquel on parvient à loger simultanément non seulement l'empereur et le roi, mais aussi la reine, le Dauphin et son épouse, les enfants de France, le roi et la reine de Navarre, le cardinal de Tournon, le connétable de France et même la duchesse d'Étampes, la maîtresse du roi ! Pour festoyer toutefois, on préfère utiliser la grande salle du palais de la Cité, la plus grande de toute l'Europe – cela évitera d'avoir à se serrer ! Enfin, s'il ne dure que quelques jours, le séjour de Charles Quint est évidemment agrémenté de quantité de fêtes et de tournois... Qui aurait cru, au moment de la bataille de Pavie quinze ans plus tôt, que Charles Quint passerait ainsi chez son ennemi juré un moment délicieux ? À la fin de sa vie encore, l'empereur vieillissant se rappellera avec un peu de nostalgie combien il avait été bien reçu en France... Cependant, malgré tous les efforts déployés par François Ier, Charles Quint ne cède pas : le duché de Milan finira entre les mains de son propre fils, et la guerre entre l'Espagne et la France reprendra dès 1542.

Un grand chantier va commencer

Si elle se solde donc par un échec, la fastueuse réception de Charles Quint permet au roi de prendre conscience que le château du Louvre – étroit, vieux, malcommode – n'est plus un palais digne d'un grand souverain. Qui plus est d'un roi bâtisseur, célèbre pour avoir transfiguré les châteaux de Fontainebleau, de Blois, de Villers-Cotterêts, sans oublier les immenses châteaux de Madrid – près de Paris, dans le bois de Boulogne – et de Chambord. En comparaison de toutes ces splendeurs de la Renaissance, qu'a donc le Louvre à proposer ? Des murailles épaisses héritées du Moyen Âge !

Immédiatement après le passage de Charles Quint, François Ier songe à reconstruire le Louvre. Dès la fin de l'année 1540, il fait venir à Paris deux célèbres architectes italiens, Vignole et Serlio,

Le projet est conçu par l'architecte Pierre Lescot.

mais leurs projets ne semblent guère au goût du roi. La reconstruction du château reste alors au point mort pour plusieurs années encore, mais la vie de cour et les fêtes se poursuivent, avec toujours autant de raffinement, sans oublier cette pointe d'extravagance qui fait le charme de l'époque… Pour le carnaval de 1542, par exemple, les courtisans sont déguisés en animaux de toutes sortes : dauphins, poules, hippocampes, homards et bien d'autres défilent dans les vieilles salles du Louvre !

À l'automne 1546, enfin, après des années de réflexion et d'attente, le chantier du Louvre débute enfin : on détruit l'aile ouest du château médiéval, où se trouvait la grande salle. Le projet ? La reconstruire sous une nouvelle forme, plus confortable, plus lumineuse, mais surtout avec une architecture au goût du jour, raisonnée et régulière, employant le vocabulaire à l'antique désormais à la mode. Le projet est conçu par l'architecte Pierre Lescot, qui a laissé son nom à l'aile du Louvre en question, ainsi qu'au sculpteur Jean Goujon, chargé d'habiller l'architecture d'un abondant décor sculpté. Cependant, lorsque le chantier débute véritablement, en décembre 1546, François Ier est absent : il a quitté Paris depuis quelques jours, et nul n'imagine alors qu'il ne devait jamais voir la nouvelle aile du Louvre… Le roi est certes âgé de 52 ans, mais il est toujours une force de la nature, aussi vert au lit que gros mangeur. Pourtant, le 3 mars, alors qu'il se trouve à Rambouillet, François Ier

Immédiatement après le passage de Charles Quint, François Ier songe à reconstruire le Louvre.

est emporté par la fièvre, des suites d'une septicémie. Henri II, l'époux de Catherine de Médicis et le galant chevalier de Diane de Poitiers, est roi de France. Au Louvre, il lui faudra poursuivre l'œuvre de son père.

Le saviez-vous ?

Pourquoi le Louvre possède-t-il autant d'oeuvres de Léonard de Vinci ?

De tous les musées du monde, le Louvre est celui qui abrite le plus d'œuvres de Léonard de Vinci, avec pas moins de quatre tableaux sur les vingt et un attribués à l'artiste de façon certaine : *Portrait de Lisa Gherardini, épouse de Francesco del Giocondo*, dit La Joconde ou Monna Lisa, *La Vierge et sainte Anne*, *Saint Jean Baptiste* et *La Vierge aux rochers*, auxquels s'ajoute encore le superbe *Portrait d'Isabelle d'Este*, un dessin sur papier. Avec une telle collection, le Louvre devance même les musées italiens. Alors, pourquoi une telle abondance ? C'est avant tout grâce à François Ier, qui était parvenu à convaincre l'artiste de le suivre en France en 1516. Le roi avait alors acheté au génie italien les quatre tableaux qui se trouvent aujourd'hui au Louvre, lesquels sont restés dans la collection royale jusqu'à l'ouverture du musée en 1793. Seul le *Saint Jean Baptiste* a voyagé un peu dans l'intervalle, puisqu'il avait été offert à Charles Ier d'Angleterre en 1630 avant d'être racheté par Louis XIV dès 1662. Quant au *Portrait d'Isabelle d'Este*, il a simplement été acquis par le musée auprès d'un antiquaire milanais en 1860. Mais le Louvre aurait pu être plus riche encore… En effet, on sait qu'en plus des quatre tableaux conservés aujourd'hui, François Ier avait également acheté à Léonard un tableau représentant *Léda et le Cygne*, qui est aujourd'hui perdu : conservé dans l'appartement des Bains du château de Fontainebleau, il a probablement succombé à l'humidité ambiante et a dû finir à la voirie !

Le Saint Jean Baptiste a été racheté par Louis XIV en 1662.

Comment est née la célèbre salle des Cariatides ?

Le chantier du Louvre n'est pas arrêté par la mort de François Ier : désireux de poursuivre l'œuvre de son père, Henri II confirme immédiatement Pierre Lescot à la direction du chantier. Cependant, comme la construction avance lentement, le nouveau souverain en profite pour apporter des modifications au projet, dont certaines vont permettre la naissance de la salle la plus célèbre du Louvre...

Le Louvre, un château hybride

Lorsqu'il avait lancé la reconstruction du Louvre en 1546, François Ier avait prévu que la nouvelle aile de logis soit divisée en deux par un escalier central, mais son fils choisit au contraire de rejeter ce « grand degré » à l'une des extrémités, de façon que l'ensemble du rez-de-cour soit occupé par une salle beaucoup plus vaste, de près de 60 mètres de longueur pour 600 mètres carrés ! Aux deux extrémi-

Pierre Lescot présente à François Ier les plans du nouveau Louvre.

tés de ce superbe espace sont alors édifiées d'une part l'estrade royale, où doit siéger le souverain, et de l'autre côté une magnifique tribune pour accueillir les musiciens qui jouent durant les fêtes et réceptions. Or, pour soutenir cette tribune, Pierre Lescot et Jean Goujon imaginent quatre colossales statues de femmes faisant office de colonnes, inspirées des fameuses cariatides de l'Érechthéion d'Athènes, alors connues surtout par l'intermédiaire de copies à Rome. C'est la naissance de la fameuse tribune des Cariatides, toujours admirée aujourd'hui par les visiteurs du musée.

La reconstruction de l'aile ouest du Louvre n'était qu'un simple coup d'envoi : ce que souhaitait François Ier, c'était évidemment reconstruire l'ensemble du château. À partir de 1553, on décide de compléter la nouvelle aile ouest – qu'on n'appelle pas encore l'aile Lescot – d'un imposant pavillon quadrangulaire, qui formera désormais l'angle sud-ouest du château : c'est le pavillon du Roi. Disposant de quatre étages, culminant à plus de 40 mètres de hauteur, cet imposant volume apparaît comme une sorte de nouveau donjon, dans lequel le roi aura ses appartements. Enfin, une fois l'aile Lescot et le pavillon du Roi achevés, ou peu s'en faut, on procède à la destruction de l'aile sud du château médiéval, de façon à la réédifier elle aussi. En

Pierre Lescot et Jean Goujon imaginent quatre colossales statues de femmes, inspirées des cariatides de l'Érechthéion d'Athènes.

revanche, les ailes nord et est conservent encore leurs dispositions anciennes, avec tours et murailles épaisses. C'est dans ce nouveau cadre, celui d'un château hybride, moitié Renaissance, moitié médiéval, qu'une grande partie de l'histoire de France devait s'écrire au cours du siècle à venir.

Un éclat de bois a-t-il vraiment scellé le sort du royaume ?

Le 19 avril 1558, alors que le chantier bat encore son plein, le Louvre est le cadre d'un événement doublement heureux : à l'occasion des festivités qui entourent le mariage du Dauphin, la salle des Cariatides est inaugurée. Pour toute la cour, c'est l'occasion d'admirer le magnifique travail du sculpteur Jean Goujon, mais à vrai dire, c'est surtout la mariée qui attire tous les regards, car celle qui épouse le jeune Dauphin n'est rien de moins qu'une souveraine ! Il s'agit en effet de Marie Stuart, fille de Jacques V d'Écosse et de sa seconde épouse Marie de Guise. Âgée de seulement treize ans, elle est reine d'Écosse quasiment depuis sa naissance, et impressionne désormais la cour du Louvre en déclamant avec aisance un discours en latin. Plus tard, lors d'un bal, elle se montrera en kilt écossais, ce qui ne manquera pas d'étonner l'assistance !

L'année suivante, c'est une union plus prestigieuse encore que l'on fête au Louvre : celle entre la fille du roi, Élisabeth de France, et le roi Philippe II d'Espagne, fils et successeur de Charles Quint. Destiné à sceller la réconciliation entre les deux royaumes, ce mariage est célébré – par procuration en ce qui concerne l'Espagnol – à Notre-Dame de Paris, le 22 juin 1559. Les jours suivants, les réjouissances battent leur plein :

Henri II participe en personne à une joute organisée dans la rue Saint-Antoine, la plus large de Paris à l'époque.

que ce soit au Louvre ou dans tout Paris, on organise des fêtes, des bals, des festins ou des tournois à n'en plus finir... Mais cette ambiance joyeuse va être brutalement interrompue par un incident aux conséquences dramatiques. Le 30 juin, le roi Henri II participe en personne à une joute organisée dans la rue Saint-Antoine, la plus large de Paris à l'époque. Et alors qu'il affronte le capitaine de sa garde écossaise, les lances se brisent et un éclat de bois vient se planter dans l'œil du roi. Grièvement blessé, Henri II est transporté à l'hôtel des Tournelles, plus proche de la rue Saint-Antoine que le Louvre. Les soins des meilleurs médecins, dont Ambroise Paré en personne, n'y feront rien : après dix jours d'une agonie terriblement douloureuse, Henri II rend l'âme. Son fils, le jeune François II, est roi, tandis que Marie Stuart, déjà reine d'Écosse, est maintenant reine de France également. Mais pour bien peu de temps...

La mort d'Henri II survient alors que les tensions religieuses sont déjà vives dans le pays entre catholiques et protestants. Le jeune François II doit alors céder à l'influence du duc de

Guise et de son frère le cardinal de Lorraine, qui sont également les oncles de la reine Marie Stuart : catholiques intransigeants, ils ne tardent pas à appliquer une politique répressive vis-à-vis du protestantisme. De santé fragile, François II meurt le 5 décembre 1560, d'une otite mal soignée, après seulement un an et demi de règne. Son frère Charles IX, âgé de dix ans seulement, lui succède alors, mais cette fois, pas question de laisser la voie libre aux Guises : Catherine de Médicis profite de cette minorité pour être nommée régente. Femme de caractère, déterminée à préserver le pouvoir royal pour le transmettre à son fils dans de bonnes conditions, Catherine de Médicis fait régner l'ordre dans le Louvre. Même lorsqu'elle mange, la reine-mère donne audience, et il faut que le capitaine des gardes surveille un sablier pour l'avertir quand le temps qu'elle doit passer à table est écoulé ! Mais alors que la reine-mère tente d'appliquer une politique de tolérance vis-à-vis des protestants, ses efforts sont réduits à néant par le massacre de Wassy, perpétré par François de Guise, qui fait sombrer le pays dans une première guerre civile.

Les Tuileries, un palais à l'italienne !

Au printemps 1563, la paix d'Amboise ramène le calme dans le pays, du moins pour quelque temps. Au Louvre, on profite de ce répit pour ouvrir de nouveaux chantiers. En effet, Catherine de Médicis trouve le palais bien étroit pour loger une cour aussi nombreuse que celle qui l'entoure. Or, si l'on désirait passer des moments plus au calme, on pouvait jusqu'ici se réfugier à l'hôtel des Tournelles, mais – pour effacer le mauvais souvenir de la mort d'Henri II ? – celui-ci est en cours de destruction. La régente imagine alors de disposer un palais entièrement dévolu

La régente Catherine de Médicis imagine de disposer un palais entièrement dévolu à la résidence, mais tout proche du Louvre où se joue l'exercice du pouvoir.

à la résidence, mais tout proche du Louvre où se joue l'exercice du pouvoir. Dans ce dessein, Catherine de Médicis achète un ensemble de terrains situé à quelques centaines de mètres à l'ouest du Louvre, au lieu-dit les Tuileries, ainsi nommé en raison des fabriques de tuiles qui s'y trouvaient depuis le XIVe siècle au moins. Sur ce vaste domaine, la reine demande à l'architecte Philibert Delorme de lui élever un palais, qui conservera le nom du lieu-dit. Ce nouveau palais des Tuileries, Catherine de Médicis le souhaite immense, avec pas moins de dix ailes de logis réunies autour de trois cours, sans compter d'immenses jardins – des jardins à l'italienne, naturellement ! Cependant, les ambitions ne tarderont pas à être revues à la baisse : seule l'aile ouest du palais sera construite, ainsi que les jardins dont profitent encore les Parisiens aujourd'hui.

Parallèlement au chantier des Tuileries, le Louvre est étendu également : au pied de l'imposant pavillon du Roi, le fossé est franchi par une courte galerie de communication, elle-même reliée à une grande aile extérieure, perpendiculaire au quai de Seine. Malgré ses dimensions respectables, ce nouveau bâtiment – tout entier dévolu à une galerie d'agrément – devait passer à la postérité sous le nom de Petite Galerie. Mais pourquoi avoir construit une galerie qui ne mène… nulle part ? Tout simplement parce que Catherine de Médicis envisage déjà – mais par l'esprit seulement – de construire le long du quai une immense galerie parallèle au fleuve, de façon à relier directement le

Louvre au nouveau palais des Tuileries. En imaginant un tel projet, la reine-mère avait de l'avance sur son temps : la galerie du Bord de l'Eau ne verra pas le jour avant le règne d'Henri IV. Il faut dire qu'entretemps, la France allait être rattrapée par le démon de la guerre civile...

Le saviez-vous ?

Diane de Fontainebleau, de Versailles ou du Louvre ?

La présence d'une statue de Diane dans la salle des Cariatides, construite sous Henri II, doit-elle être comprise comme une sorte d'hommage discret à la belle Diane de Poitiers, qui a occupé le cœur du roi toute sa vie ? Rien n'interdit de le penser, même si la Diane qui est aujourd'hui la vedette de la salle des Cariatides ne représente évidemment pas la favorite royale, mais la déesse romaine de la chasse. Comptant aujourd'hui encore parmi les plus célèbres statues antiques du musée, cette Diane est une copie romaine d'un original grec du IVe siècle avant JC, généralement attribué au sculpteur athénien Léocharès. Mais comment cette statue de Diane, découverte dans la région de Nemi en Italie, s'est-elle retrouvée au Louvre ? Il faut en remercier le pape Paul IV, qui l'a offerte dès 1556 à Henri II, dont on connaissait déjà le penchant pour l'autre Diane... À son arrivée en France, la statue est installée dans le jardin de la Reine au château de Fontainebleau, où elle est très admirée. Dès 1602, Henri IV la fait restaurer par le sculpteur Barthélemy Prieur, qui se permet alors de lui ajouter, pour soutenir le bras gauche, une figure de cerf plus petite que nature. La belle Diane est alors transférée au Louvre, dans la salle des Cariatides, tandis qu'à Fontainebleau la statue originale est remplacée par une copie de bronze. Sous Louis XIV toutefois, le roi emprunte la Diane du Louvre pour orner la galerie des Glaces du château de Versailles – d'où le nom donné aujourd'hui à la statue, *Diane de Versailles*. Mais dès 1798, le chef-d'œuvre retrouve le musée du Louvre, et cette fois pour de bon !

Quand le sang a-t-il ruisselé sur les pavés du Louvre ?

Lieu de pouvoir et d'ordre lorsque les rois l'habitaient, lieu de culture et de paix depuis qu'il est devenu un musée, le Louvre a aujourd'hui pour vocation de réjouir les yeux et d'élever l'esprit de tous ceux qui le visitent. Il y a 450 ans pourtant, le palais a été le point de départ d'un déchaînement de violence aveugle et meurtrier. Cet épisode, sans doute le plus sombre de toute l'histoire du Louvre, c'est celui du massacre de la Saint-Barthélemy.

Un mariage pour sauver le pays !

En août 1570, la trêve de Saint-Germain-en-Laye met un terme – provisoire – à trois années de guerre civile. Principal chef de file des protestants au cours du conflit, l'amiral de Coligny profite de cette paix retrouvée pour rentrer en grâce auprès du roi Charles IX, et de sa mère Catherine de Médicis. Il reprend alors sa place à la cour, où il est couvert d'honneurs pour l'amadouer. Naturellement, une telle faveur fait enrager les ennemis de l'amiral protestant, à commencer par le très catholique duc de Guise, qui multiplie les provocations. Pourtant, l'amiral de Coligny n'exerce qu'une influence limitée sur le jeune Charles IX, lequel se soucie assez peu des affaires du royaume. Âgé d'une vingtaine d'années, le souverain s'intéresse surtout à ses marottes : la chasse, sur laquelle il rédige un traité, le jeu de paume, qu'il pratique avec assiduité dans la salle construite par François Ier, mais aussi une passion bien plus originale pour un roi : la métallurgie ! Au Louvre, Charles IX dispose même d'une forge, où il se réfugie souvent pour le plaisir de frapper le fer.

Charles IX s'intéresse surtout à la chasse, au jeu de paume et... à la métallurgie !

Aussi indifférent qu'il soit aux affaires, Charles IX ne peut pas ignorer l'atmosphère irrespirable qui règne alors à Paris et dans tout le royaume entre catholiques et protestants. Pour apaiser les tensions, Catherine de Médicis tente alors une ultime manœuvre : un mariage. Celui entre Marguerite de Valois, la sœur du roi, et le protestant Henri de Bourbon, tout récemment couronné roi de Navarre, et dont nul n'imagine alors qu'il deviendra un jour roi de France sous le nom d'Henri IV. Une catholique mariée à un protestant... L'union devrait favoriser une réconciliation. Pourtant, elle restera dans l'Histoire sous le nom des tristement célèbres « noces vermeilles », en raison du sang qu'elles vont faire couler...

Le soir du 17 août 1572, les fiançailles de Marguerite de Valois et d'Henri de Navarre sont célébrées au Louvre, dans la salle des Cariatides.

Quelques jours avant le mariage, Henri de Navarre arrive à Paris – une ville à très forte majorité catholique – accompagné par de nombreux gentilshommes protestants. Le soir du 17 août 1572, les fiançailles de Marguerite et d'Henri sont célébrées en grande pompe au Louvre, dans la salle des Cariatides, tandis que le mariage proprement dit se déroule à Notre-Dame le lendemain. Et pour que les protestants n'aient pas à assister à une cérémonie catholique, une bénédiction nuptiale est organisée à leur intention sur le parvis de la cathédrale. On a pensé à tout ! Enfin, les noces sont suivies de trois jours de fêtes somptueuses. Au Louvre, le bal du 19 août donne lieu à un magnifique spectacle, lors duquel le roi et ses frères font leur entrée juchés sur d'énormes rochers factices, montés sur roues, suivis de sept autres chars portant des dieux et des monstres marins…

Le lendemain, dans la salle du Petit-Bourbon, qui jouxte le Louvre, la reine-mère fait donner un magnifique ballet-mascarade, *La Défense du paradis*, auquel participent le roi de France et le roi de Navarre en personne. Ces réjouissances, qui se poursuivent jusqu'au 21 août, sont une telle réussite qu'on en oublierait presque les tensions religieuses : une véritable réconciliation semble désormais possible. Dès le lendemain, pourtant, tout va s'effondrer.

« Qu'on les tue tous ! »

Au matin du 22 août, l'amiral de Coligny était venu au Louvre comme à son habitude pour participer au Conseil, avant de disputer une partie de jeu de paume avec le roi. Mais alors qu'il regagne finalement son chez-lui, en passant par la rue des Poulies, un coup d'arquebuse retentit, tiré depuis la fenêtre d'une maison. L'auteur de l'attentat n'a jamais été identifié, mais il s'agit probablement d'un homme de main des Guises. Blessé au bras par le coup de feu, l'amiral de Coligny est conduit chez lui pour être soigné. Bien que ses jours ne semblent pas en danger, l'attentat déclenche la fureur des nombreux protestants venus à Paris à l'occasion du mariage d'Henri de Navarre. Et alors qu'elles avaient été éclipsées par les festivités, les tensions reprennent de plus belle : toute la ville est en ébullition. Dans la cour même du Louvre, les gentilshommes protestants tirent leurs épées du fourreau et réclament vengeance à tue-tête ! Pour apaiser les esprits, Charles IX se rend alors au chevet de Coligny, auquel il promet de rendre justice.

Ulcérés par les attentions du roi envers l'amiral, les Guises menacent alors de quitter Paris avec toutes leurs forces armées,

Charles IX, excédé, aurait alors lancé à sa mère : « Eh bien, qu'on les tue tous ! Qu'il n'en reste pas un pour me le reprocher ! »

ce qui laisserait Charles IX et Catherine de Médicis quasiment seuls face aux protestants en colère… Le jour même d'ailleurs, des nobles protestants n'hésitent pas à interrompre le repas de la reine-mère pour lui faire savoir que si justice ne leur est pas rendue, ils se la feront eux-mêmes ! Inquiète, Catherine de Médicis se résout à agir.

Le soir du 23 août, au Louvre, se déroule l'une des scènes les plus dramatiquement décisives de l'histoire de France. Autour de Charles IX sont présents sa mère et son frère Henri – le futur Henri III – mais aussi le duc de Nevers, catholique intransigeant d'origine italienne, le maréchal de Tavannes, principal commandant des forces armées royales, ainsi que deux proches conseillers de Catherine de Médicis. Cédant sans doute à la peur, Catherine de Médicis et son fils Henri insistent pour mettre un terme à la crise par une décision terrible : éliminer par l'épée les principaux chefs protestants qui se trouvent à Paris, soit plusieurs dizaines de personnes, dont l'amiral de Coligny lui-même. De véritables assassinats, sous couvert de justice extraordinaire… Écœuré par ce procédé indigne, Charles IX résiste, proteste, mais il finit par céder. Excédé, il aurait alors lancé à sa mère : « Vous le voulez ? Eh bien, qu'on les tue tous ! Qu'on les tue tous ! Qu'il n'en reste pas un pour me le reprocher ! » Une réplique sans doute apocryphe, mais qui reflète bien l'état d'esprit du roi, acculé contre son gré à la décision la plus lourde de conséquences de toute sa vie.

Des dizaines de cadavres traînés hors du Louvre…

Au petit matin, des mercenaires allemands sont envoyés au domicile de Coligny pour l'assassiner. Déjà blessé, l'amiral est surpris dans son lit, achevé à coups de dague, puis défenestré. Il est la première victime de la Saint-Barthélemy. Au Louvre, alors qu'Henri de Navarre et le prince de Condé sont conduits dans la chambre du roi, autant pour les surveiller que pour les soustraire au massacre, le maréchal de Tavannes réunit ses hommes des gardes françaises et des gardes suisses dans la cour. Dès lors, tous les nobles protestants que l'on trouve dans le Louvre sont désarmés, conduits dans la cour et égorgés sur place. Déjà, les pavés ruissellent de leur sang. Certains parviennent à s'enfuir, mais ils sont poursuivis dans les logis et achevés jusque dans les escaliers ou les chambres… Des dizaines de cadavres sont traînés hors du Louvre et jetés sur le pavé des rues voisines.

Catherine de Médicis avait sans doute pensé que l'exécution des meneurs suffirait à ramener le calme, mais ces premiers assassinats n'ont fait qu'échauffer les esprits. Emportés par leur soif de violence, les Parisiens les plus exaltés s'en prennent déjà à tous les protestants qu'ils croisent. Le roi tente alors de faire arrêter le massacre, mais il est déjà trop tard : les protestants sont attaqués jusque dans leurs maisons, poursuivis dans les rues, achevés n'importe où... La tuerie s'étend à toute la capitale et se prolonge plusieurs jours durant : jusqu'au 29 août, piégés dans une ville dont on a fermé les portes, les protestants sont massacrés, leurs maisons pillées, et quiconque tente de les défendre est tué à son tour. Dans les rues, on s'acharne par plaisir sur les cadavres, ou on les jette à la Seine. La dépouille de l'amiral de Coligny subit tous les outrages : elle est éventrée, émasculée, décapitée, traînée sur le pavé, pendue par les pieds et exposée à d'autres sévices encore... Parmi les protestants, seuls échappent au massacre les princes et les princesses du sang, que l'on garde à l'abri derrière les murailles du Louvre. Le bilan de la tuerie ? Au moins 3 000 morts, dans une ville qui ne compte alors que 300 000 habitants... Enfin, à mesure que se répand la nouvelle du massacre de Paris, la folie meurtrière s'étend aux villes de province. C'est le début d'une nouvelle guerre civile.

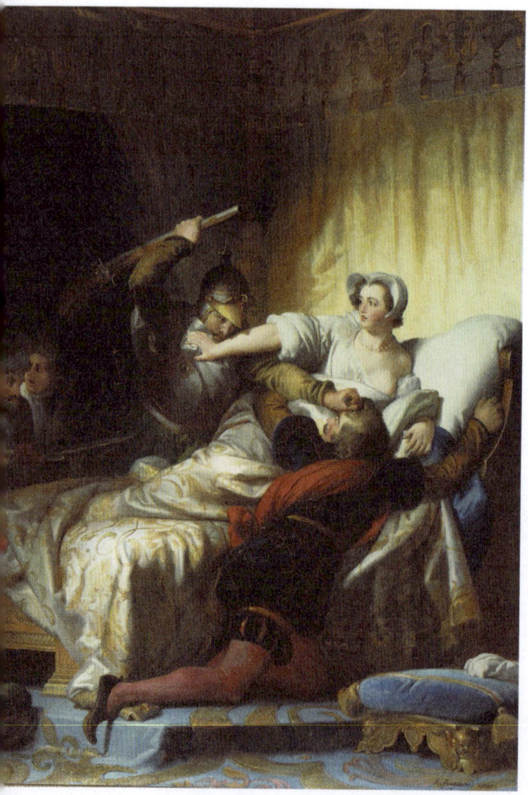

Les protestants sont massacrés, leurs maisons pillées, et quiconque tente de les défendre est tué à son tour.

Le saviez-vous ?

Pourquoi Monsieur de Léran s'est-il jeté sur le lit de la reine Margot ?

Au matin de la Saint-Barthélemy, alors que l'on massacre les gentilshommes protestants dans la cour du Louvre, quelques-uns parviennent à s'échapper et tentent de se réfugier dans les logis. L'un d'eux, Monsieur de Léran, déjà grièvement blessé par un coup de hallebarde au bras, parvient à gagner le deuxième étage de l'aile de sud. Là, poursuivi par ses assassins, il tambourine de toutes ses forces à la porte de la chambre de Marguerite de Valois, en criant « Navarre ! Navarre ! », le cri de ralliement des protestants. La reine de Navarre, encore au lit car elle ne s'était couchée qu'au petit matin après une nuit d'angoisse, est réveillée en sursaut au moment même où une domestique ouvre la porte. Alors, couvert de sang, poursuivi par quatre gardes désireux de l'achever, Monsieur de Léran se précipite dans la chambre, se jette immédiatement sur le lit et serre la reine Marguerite dans ses bras ! C'est pour lui une question de survie : il sait que ses assassins n'oseront pas le frapper de peur de toucher la reine. Attrapée par un inconnu couvert de sang, pensant qu'on en veut à sa vie, Marguerite de Valois tente alors de se défaire de l'étreinte en roulant jusque dans la ruelle du lit, toujours agrippée par Monsieur de Léran, et tous les deux aussi terrifiés l'un que l'autre ! Devant cette scène inattendue, le capitaine des gardes ne peut s'empêcher de rire, et renvoie ses hommes. Monsieur de Léran obtient ainsi la vie sauve et se fait soigner par les domestiques de la reine, alors même qu'ailleurs dans le Louvre, le massacre se poursuit...

Monsieur de Léran se précipite dans la chambre, se jette immédiatement sur le lit et serre la reine Marguerite dans ses bras !

Le Louvre, décor de roman d'aventures ?

Une guerre civile à n'en plus finir, un jeune homme brusquement propulsé roi d'un pays lointain, des intrigues inextricables, des tentatives de renversement, un astrologue sulfureux, des poupées vaudous percées d'aiguilles, des évasions rocambolesques… En cette fin de XVI*e* *siècle, le Louvre ressemble au décor d'un roman d'aventures dans la veine d'Alexandre Dumas ! Pourtant, c'est bel et bien l'histoire de France qui s'écrit entre ses murs.*

Pourquoi la Pologne s'invite-t-elle au Louvre ?

Après l'ignoble hécatombe de la Saint-Barthélemy, la vie reprend son cours normal au Louvre, avec toutefois quelques changements : les catholiques les plus modérés, favorables à un rapprochement avec les protestants, sont désormais écartés du pouvoir, tandis qu'Henri de Navarre et le prince de Condé, contraints à abjurer la religion protestante, sont assignés à résidence à la cour. Pour eux, le Louvre est devenu une prison dorée.

À l'écart de la guerre civile qui se joue en province, le Louvre continue d'accueillir une vie de cour fastueuse, régulièrement ponctuée de grandes festivités. Ainsi en août 1573, lorsque d'importantes réjouissances sont organisées en l'honneur de dix ambassadeurs polonais, accompagnés par la fine fleur de la

Le Louvre continue d'accueillir une vie de cour fastueuse, ponctuée de grandes festivités.

noblesse du pays, soit près de 250 gentilshommes, la cour rivalise de splendeur pour accueillir ses prestigieux invités. Pourquoi une délégation aussi nombreuse ? Tout simplement parce que la Pologne est venue chercher en France son nouveau roi : le prince Henri, duc d'Anjou et frère du roi Charles IX, tout récemment élu roi par la diète – c'est-à-dire l'assemblée de la noblesse – polonaise. Venus en masse au Louvre, les Polonais devront toutefois patienter un peu, car le duc d'Anjou ne semble guère pressé de quitter son pays pour rejoindre son nouveau royaume ! Il parvient ainsi à différer son départ de plusieurs mois, et ne fait ses adieux à la France qu'en décembre, sans savoir qu'il ne reverra jamais son frère, et sans soupçonner les graves conséquences que son départ va engendrer… Son accession au trône de Pologne marque un tournant diplomatique majeur pour la France. Mais derrière les fastes et les honneurs, cette mission royale scelle aussi une rupture intime et politique. Car en quittant le Louvre, Henri ouvre malgré lui une succession dynastique incertaine… et un nouvel épisode tragique pour les Valois.

La conjuration des Malcontents...

Au début de l'année 1574, Charles IX inquiète son entourage : âgé de seulement 24 ans, il n'a obtenu de la reine qu'une fille et son état de santé est tel qu'il semble probable que la couronne reviendra bientôt à son frère Henri... qui vient tout juste de partir pour la Pologne ! Pour le jeune François, duc d'Alençon, le dernier des fils d'Henri II et de Catherine de Médicis, ce départ est une aubaine dont il compte bien profiter. Son idée est simple, mais pour le moins ambitieuse : s'appuyer sur le mécontentement des catholiques modérés, faire évader le prince de Condé et Henri de Navarre, écarter du pouvoir Catherine de Médicis, et s'imposer lui-même comme le successeur de Charles IX, en brûlant la politesse à son frère Henri ! Une tentative de coup d'État, que l'histoire retiendra sous le nom de conjuration des Malcontents. L'opération décisive doit se produire le 10 mars, mais dès la fin du mois de février, Catherine de Médicis s'inquiète des mouvements de troupes qu'on observe dans la région parisienne. Si bien qu'alors qu'elle se trouve au château de Saint-Germain-en-Laye, toute la cour prend la fuite au beau milieu de la nuit, pour se réfugier à Paris, à l'abri des fossés du Louvre ! Quelques jours plus tard, on rejoint même le château de Vincennes, dont les immenses murailles élevées autrefois par Charles V sont plus sécurisantes encore...

Côme Ruggieri, l'astrologue de la reine-mère, est impliqué dans la conjuration.

Étonnamment, l'échec du complot ne décourage nullement le jeune duc d'Alençon, qui prépare une nouvelle opération pour le 10 avril ! Les principaux artisans de la conjuration sont ses deux favoris, La Môle et Coconas, qui s'appuient notamment sur la reine de Navarre Marguerite de Valois et plusieurs autres grandes dames de la cour. Le duc de Montmorency, ainsi que des personnalités étonnantes comme Côme Ruggieri, l'astrologue de la reine-mère, sont impliqués également dans la conjuration. Cela fait beaucoup de monde... trop, à vrai dire, pour espérer garder le secret ! Le complot est éventé de nouveau. Et cette fois, Catherine de Médicis ne fait pas de quartier : plusieurs dizaines de personnes sont arrêtées à Paris, dont La Môle et Coconas. Au domicile du premier, on retrouve même une figurine de cire piquée d'aiguilles, fournie par l'astrologue Ruggieri ! Le duc d'Alençon lui-même est arrêté, tandis que le roi de Navarre, déjà en liberté surveillée, subit un interrogatoire. Leur sort semble alors scellé, mais Marguerite de Valois intervient en leur faveur et obtient, pour son frère et son mari, la clémence du roi : les deux princes ont la vie sauve.

L'échec du complot ne décourage nullement le jeune duc d'Alençon, qui prépare une nouvelle opération.

Évasions en série !

Moins de deux mois après le démantèlement de la conjuration des Malcontents, le 30 mai 1574, Charles IX est emporté par une pleurésie, alors qu'il se trouve toujours à Vincennes. Dès le lendemain, Catherine de Médicis fait revenir la cour au Louvre, où elle n'a plus qu'un seul but : assurer une bonne succession, le temps que son fils Henri, désormais roi de France, s'en revienne de Pologne.

Henri apprend la mort de son frère – et par conséquent son propre avènement – alors qu'il se trouve à Cracovie le 14 juin 1574. Dès lors, il n'hésite pas un instant : la couronne de France

Catherine de Médicis au palais des Tuileries, en 1573 en l'honneur de la visite des envoyés polonais.

est bien plus prestigieuse que celle de Pologne, tandis que les réjouissances et le raffinement de la cour française lui manquent cruellement. Il renonce donc sans regret au trône de Pologne. Cependant, la diète polonaise n'est nullement consentante pour laisser partir le souverain qu'elle vient juste d'élire... Alors, Henri Ier de Pologne doit s'enfuir de son propre royaume, pour en rejoindre un autre, où il deviendra Henri III de France ! Parvenu à s'échapper du château royal du Wawel dans la nuit du 18 juin, il est poursuivi comme un voleur lorsqu'on se rend compte de sa fuite. Mais il est déjà trop tard : dès le soir suivant, Henri est parvenu à rejoindre la Silésie, depuis laquelle il regagnera Paris. Le roi de Pologne s'est échappé, vive le roi de France !

Revenu à Paris, Henri III pardonne ses incartades à son frère François, qui reste toutefois maintenu sous surveillance à la cour, de même qu'Henri de Navarre, dont on se méfie toujours. Au Louvre, le duc d'Alençon devient alors la cible préférée des favoris du roi – les fameux « mignons » – qui lui font subir moqueries et brimades à peine dissimulées. Un soir de septembre 1575, alors qu'on fête au Louvre l'arrivée de la nouvelle reine, Louise de Lorraine-Vaudémont, les mignons d'Henri III se permettent même de railler ouvertement François d'Alençon en public : on tourne en dérision son caractère emporté, sa petite taille et même sa laideur physique – le prince conserve de graves séquelles de la petite vérole dont il a été victime dans son enfance. Pour le frère du roi, c'est l'humiliation de trop. Décidé à s'enfuir du Louvre, il se rend un soir dans la chambre de sa sœur Marguerite de Valois, depuis laquelle, par une corde jetée à la fenêtre, il se glisse jusqu'au fond du fossé ! D'autres versions de l'événement affirment que le prince serait tout simplement sorti par l'une des portes du Louvre, couvert par un grand manteau remonté jusqu'aux yeux, ce qui n'était finalement pas moins audacieux... Quoi qu'il en soit, François s'est échappé. Ayant gagné son domaine de Dreux, il rallie alors à lui tous les « malcontents » de la politique royale, catholiques modérés et protestants.

À peine six mois plus tard, le 5 février 1576, c'est au tour d'Henri de Navarre de mettre fin à trois années et demie de captivité à la cour. Profitant d'une partie de chasse en forêt de Senlis – un divertissement qu'on lui autorise, sous surveillance – il parvient à fausser compagnie à ses gardes : le futur Henri IV est libre ! Rejoignant ses alliés protestants, il abjure rapidement le catholicisme, qu'il n'avait embrassé que sous la contrainte au moment de la Saint-Barthélemy, puis reprend le contrôle de la Guyenne et de son Béarn natal. Soutenu par François de France et par le roi de Navarre, le parti protestant devient désormais une force majeure du royaume. Acculés, Henri III et sa mère, Catherine de Médicis, n'ont d'autre choix que de signer, le 6 mai 1576, un traité qui rétablit la liberté de culte pour les protestants dans toute la France.

Henri de Navarre, quant à lui, ne remettra les pieds au Louvre que dix-sept ans plus tard... mais cette fois, c'est en roi de France qu'il franchira le seuil du palais !

Henri de Navarre parvient à fausser compagnie à ses gardes : le futur Henri IV est libre !

Le saviez-vous ?

Charles IX a-t-il tiré à l'arquebuse sur ses sujets ?

Que n'a-t-on pas dit sur Charles IX ! De tous les souverains de l'histoire de France, il est probablement celui dont la réputation a le plus souffert d'une légende noire forgée au fil des siècles. On le prétend cruel, sanguinaire, sadique… Un véritable monstre, si l'on écoute les mauvaises langues ! En cause ? Le massacre de la Saint-Barthélemy, naturellement, pour lequel le roi faisait un bouc émissaire idéal… On affirme d'ailleurs qu'alors que les rues de Paris ruisselaient déjà de sang, Charles IX se serait installé à une fenêtre de la Petite Galerie du Louvre, donnant sur la Seine, pour tirer à l'arquebuse sur les protestants de la rive gauche, ou sur ceux qui tentaient de fuir en traversant le fleuve à la nage… En réalité, l'anecdote a été inventée durant la guerre civile qui a suivi le massacre pour servir la propagande protestante, avant de remporter un grand succès au XIXe siècle chez les écrivains romantiques. Dans la même veine, on raconte que Charles IX aurait passé les dernières années de son règne rongé par la culpabilité, en proie à des cauchemars, voire à des hallucinations, sans fondement historique encore une fois. En revanche, on sait qu'au cours de son agonie, le jeune roi était victime d'un phénomène rare : il transpirait de la sueur mêlée de sang. Il n'en fallait pas plus à ses détracteurs pour y voir le sang versé lors de la Saint-Barthélemy… En réalité, le roi était simplement victime d'hématidrose, un phénomène physiologique très rare, mais observé depuis l'Antiquité jusqu'à nos jours.

Les premières barricades ont-elles surgi près du Louvre ?

En juin 1584, on apprend au Louvre la mort du frère cadet du roi, François, l'ancien chef de file des Malcontents. Comme Henri III n'a toujours pas d'enfant, le titre d'héritier présomptif de la couronne passe alors à son cousin le plus proche, à savoir... le protestant Henri de Bourbon, roi de Navarre ! Une catastrophe pour les catholiques radicaux, déterminés à trouver n'importe quelle autre solution, quitte pour cela à dénier le droit de succession, à déclencher une insurrection dans Paris et à mettre en péril la monarchie elle-même...

Le Duc n'en fait qu'à sa Guise

Chef de file d'une coalition catholique qualifiée de « Sainte Ligue », Henri de Lorraine, duc de Guise, passe un traité secret avec l'Espagne pour empêcher Henri de Navarre de devenir roi, et le remplacer par le cardinal de Bourbon. Henri III lui-même ne peut résister à l'influence de la Ligue : dès 1585, il est contraint de s'engager à chasser les protestants du royaume. Une nouvelle fois, la France verse dans la guerre civile. Mais en réalité, le roi se montre bien plus inquiet de la puissance de la Ligue elle-même, et de ses desseins qui mettent en danger le principe même de la monarchie, que des armées protestantes qu'il doit affronter. Les ligueurs ne sont d'ailleurs pas dupes, et lui reprochent ce manque d'énergie face aux protestants. À Paris et dans les grandes villes, l'image du roi en prend un coup : on n'hésite plus à ridiculiser le souverain dans des pamphlets ou à l'accabler lors des sermons… Au Louvre même, on retrouve des placards injurieux jusque dans le grand escalier et le cabinet du roi ! Au même moment, le duc de Guise remporte d'importantes victoires sur les protestants, ce qui lui vaut une grande gloire dans le milieu catholique. La popularité du souverain est au plus bas, celle du duc de Guise au plus haut… Une situation dont les ligueurs comptent bien profiter.

Le duc de Guise brave l'interdit royal, pénètre dans Paris et ose se présenter en personne au Louvre.

Porté par ses succès, le duc de Guise caresse de plus en plus ouvertement l'idée de s'imposer au roi comme une sorte de principal ministre, voire de le renverser. Pleinement conscient de la menace, Henri III se livre, depuis le Louvre, à un véritable bras de fer : sachant la capitale au bord de l'insurrection, le roi défend à son adversaire d'y pénétrer. Le 9 mai 1588, pourtant, le duc de Guise brave l'interdit royal et pénètre dans Paris. Comme un ultime défi au roi, il ose même se présenter en personne au Louvre… Henri de Lorraine traverse alors fièrement la cour au milieu des gardes, avant d'être introduit dans la chambre de la reine, où le roi vient à lui. Acerbe, le chef des ligueurs expose à Henri III les raisons de sa présence : s'il se trouve ici, c'est tout simplement parce que le souverain du royaume est défaillant ! Le roi est fou de colère, mais il ne peut que subir en silence car, hormis les quelques gardes du Louvre, il ne dispose d'aucune force militaire dans la capitale, alors que les soldats de la Ligue et la milice parisienne sont partout. Henri III se sait désormais menacé de renversement.

POURQUOI LE ROI DOIT-IL FUIR SON PROPRE PALAIS ?

Deux journées s'écoulent alors, interminables, avant qu'Henri III ne se résolve à agir. Au matin du 12 mai, le régiment des gardes françaises et celui des gardes suisses – les deux principales compagnies de la garde royale – pénètrent dans Paris par la porte Saint-Honoré. Ils se rendent alors au cimetière des Innocents, où le roi les rejoint pour leur donner ses ordres : l'objectif est d'occuper des points stratégiques de la ville, notamment la place de Grève et les ponts, afin de faire pièce aux ligueurs. Mais pour se rendre sur les lieux désignés, les troupes royales font battre tambour, ce qui alarme les Parisiens. Partout, les bourgeois prennent les armes et se rassemblent, puis concentrent leurs forces rue Saint-Antoine et place Maubert. Henri III donne alors l'ordre à ses troupes de se rendre maîtres des deux endroits, mais il est déjà trop tard : les Parisiens ont barré les rues par des chaînes et des barricades. Repoussées, les troupes royales se retrouvent finalement acculées sur les quais de Seine ! Les émeutiers parisiens triomphent, et le duc de Guise en profite pour sortir de son hôtel et récolter les fruits de la victoire. Faisant preuve de clémence, il renvoie les soldats du roi au Louvre à rangs rompus, tête nue et armes renversées... Pour l'armée royale, c'est une véritable humiliation. La journée du 12 mai – qu'on ne tarde pas à surnommer la journée des Barricades – a fait du duc de Guise le maître de Paris.

Pour Henri III, la défaite face aux Parisiens et au duc de Guise constitue un aveu d'échec.

Rentré au Louvre depuis le matin, Henri III assiste au retour piteux de ses troupes vaincues. Pour lui, la défaite face aux Parisiens et au duc de Guise constitue non seulement une avanie, mais aussi un aveu d'échec : le pouvoir royal est désormais incapable de contrôler Paris. Henri III s'apprête sans doute à poursuivre la lutte malgré tout, lorsqu'il reçoit le soir la visite d'un de ses espions, bien informé des intentions de ses adversaires… Le constat est on ne peut plus clair : Henri III doit s'enfuir, sans quoi il est perdu ! De fait, dès le lendemain matin, des centaines de soldats et d'émeutiers aux ordres du duc de Guise convergent vers le Louvre. Cette fois, plus de place à l'hésitation : il faut fuir, cela devient une question de survie. Le souverain se rue aux écuries, enfourche son cheval et quitte la ville par la porte Neuve. Lancé au grand galop sur les routes, il maudit Paris et jure de n'y rentrer qu'en la prenant de force… En réalité, Henri III ne devait plus jamais entrer dans sa capitale.

La salle des Cariatides, nouveau gibet !

Pour quelque temps, l'histoire du royaume s'écrit hors de Paris : la réunion des États généraux à Blois est une nouvelle victoire pour le duc de Guise, qui en profite pour se faire nommer lieutenant général du royaume. Il pousse ainsi Henri III à réagir par l'un des coups de majesté les plus célèbres de l'histoire de France : l'assassinat du duc de Guise, le 23 décembre 1588, qui provoque le soulèvement de presque toutes les villes catholi-

L'assassinat du duc de Guise provoque le soulèvement de toutes les villes catholiques du royaume.

ques du royaume... Pour Henri III, il n'y a plus alors qu'une seule solution : se réconcilier avec son cousin Henri de Navarre et faire front commun face à la Ligue. Joignant leurs forces, les deux rois parviennent alors à retourner la situation, au point d'être en mesure d'assiéger Paris, où les ligueurs versent désormais dans le fanatisme religieux. Mais alors qu'il fait le siège de sa propre capitale aux côtés de son cousin, Henri III est victime d'un attentat. Mortellement blessé, il succombe dans la nuit du 1er au 2 août 1589, après avoir rappelé que son cousin doit lui succéder. À cet instant, Henri IV est roi, mais les trois quarts de son royaume ne le reconnaissent pas. Il ne reprendra possession du Louvre qu'au prix de quatre années de lutte incessante...

Déserté par Henri III lorsqu'il s'enfuit de Paris au lendemain de la journée des Barricades, le Louvre est abandonné durant quelque temps. Dans la nuit du 3 au 4 décembre 1591, il est toutefois le théâtre d'une scène de violence politique saisissante : le duc de Mayenne, nouveau chef de file de la Ligue, fait arrêter quatre membres du conseil des Seize – le collège de seize bourgeois qui dirige alors la capitale – et les fait pendre sur-le-champ aux poutres de la salle des Cariatides !

Un peu plus d'un an plus tard, à partir de janvier 1593, le Louvre est de nouveau utilisé par les Ligueurs, mais cette fois pour un événement bien plus pacifique : on y réunit, plusieurs mois durant, les États généraux de la Ligue. L'objectif de cette assemblée ? Se mettre d'accord sur la désignation d'un nouveau souverain, catholique naturellement, car les Ligueurs ne reconnaissent pas le protestant Henri IV comme leur roi. Dans la grande salle de l'étage du Louvre, on installe alors un grand dais de drap d'or, surmontant une chaise vide couverte de velours violet brodé de fleurs de lys... C'est le trône qui attend son nouveau roi ! De fait, quelques mois plus tard, un roi catholique finira bien par arriver au Louvre, mais ce ne sera pas celui espéré par les Ligueurs...

Le saviez-vous ?

L'invention des barricades ?

Si la journée des Barricades, le 12 mai 1588, est loin d'être la première insurrection populaire dans l'histoire de Paris, c'est la première fois que les Parisiens utilisent la technique particulière qui a donné son nom à la journée. Jusque-là en effet, en cas d'émeute, on se contentait de tendre les lourdes chaînes prévues pour barrer les rues, mais cette fois, les Parisiens ont renforcé les chaînes de divers obstacles supplémentaires, entassés à la hâte : poutres, mobilier divers, charrettes... et surtout de nombreux tonneaux ou barriques que l'on pouvait remplir de terre ou de pavés, et qui formaient ainsi un obstacle quasiment inamovible. Ces barriques ont alors donné leur nom aux fameuses barricades, qui ont fait perdre à Henri III tout contrôle sur Paris. Une trouvaille improvisée qui allait devenir, au fil des siècles, le symbole universel de la révolte urbaine.

Paris vaut-elle vraiment une messe ?

Désormais roi en dépit de sa confession protestante, Henri IV doit partir à la conquête de son propre royaume, et surtout de sa capitale. Pour la récupérer, il est prêt à tout, même à abjurer une nouvelle fois le protestantisme, ce qu'il fait – de son plein gré cette fois ! – le 25 juillet 1593, à la basilique de Saint-Denis. Après tout, « Paris vaut bien une messe »... L'expression est apocryphe, mais elle résume parfaitement la pensée du roi, car cette nouvelle conversion lui permet d'obtenir, au bout de quelques mois, le ralliement de la capitale. Et alors qu'il y a été maintenu si longtemps en semi-captivité dans sa jeunesse, c'est désormais en roi qu'Henri le Béarnais s'apprête à pénétrer au Louvre...

Le retour du roi !

La scène se déroule quasiment au pied des murs du Louvre : peu avant l'aube du 22 mars 1594, le gouverneur de Paris fait ouvrir les vantaux de la porte Neuve, laissant ainsi entrer les troupes royales dans la ville, où elles ne rencontrent quasiment aucune résistance. Un peu plus tard, vers six heures du matin, Henri IV en personne pénètre dans la capitale, par la même porte que celle qu'a empruntée son cousin Henri III pour s'enfuir, six années plus tôt.

Henri IV doit partir à la conquête de son propre royaume, et surtout de sa capitale.

Le 22 mars 1594, Henri IV en personne pénètre dans la capitale.

Après avoir assisté à un Te Deum à Notre-Dame, le roi se rend au Louvre à pied, en fendant la foule qui l'acclame sur tout le trajet. Depuis six ans, aucun souverain n'a pénétré dans le palais, et pourtant, tout se passe comme si le roi n'était jamais parti : à peine entré, Henri IV trouve son dîner tout prêt sur la table ! Il est désormais maître en son royaume et, à Paris au moins, les guerres de religion sont terminées. Certes, quatre années d'efforts seront encore nécessaires à Henri IV pour faire la guerre à l'Espagne, réduire les derniers ligueurs et pacifier l'ensemble de son royaume. Mais en 1598, la proclamation de l'édit de Nantes instaure la liberté de culte et inaugure une longue période de paix intérieure. Revenu de ses dernières campagnes militaires, Henri IV peut alors s'installer durablement au Louvre.

Dans son palais parisien, le roi n'emménage pas seul, loin de là. Brouillé avec son épouse Marguerite de Valois depuis des années, Henri IV approche de la cinquantaine mais il mérite toujours son surnom de Vert-Galant : sans même compter les conquêtes d'un jour, il a déjà derrière lui plusieurs dizaines de maîtresses ! Depuis quelques années toutefois, sans que cette passion soit exclusive, c'est avant tout Gabrielle d'Estrées qui occupe son cœur et son esprit. Le roi est fou amoureux de sa belle favorite, qui partage sa vie, loge au Louvre à ses côtés et lui donne plusieurs enfants. En somme, Gabrielle d'Estrées a presque toutes les prérogatives d'une reine... et se comporte comme si elle l'était déjà ! Ce faisant, elle s'attire de nombreuses critiques : on désapprouve cette reine sans le nom, pour laquelle Henri IV n'hésite pas à dilapider le trésor du royaume.

Un roi insatiable en amour !

Une anecdote célèbre raconte qu'un jour, pour rejoindre le Louvre depuis la rive gauche de Paris, le roi aurait traversé la Seine en utilisant le bac. Vêtu simplement, le souverain comprend qu'il n'a pas été reconnu par le batelier, et en profite alors pour interroger le brave homme sur ce qu'il pense du roi... La réponse, rapportée par la tradition, ne manque pas de sel : « Ah, le roi... C'est un assez bon homme, mais il vous a une maîtresse à qui il faut des robes et des affiquets à n'en plus finir ! Passe encore si elle était à lui seul, mais on dit qu'elle se fait caresser par bien d'autres... » Henri IV n'en tient pas rigueur au batelier, mais il ne change pas d'avis pour autant sur Gabrielle d'Estrées. Mieux encore, il désire l'épouser et ne s'en cache plus : le 23 février 1599, le roi profite d'une fête au Louvre pour déclarer à sa favorite, devant toute l'assistance : « Madame, voici l'anneau de mon sacre, je vous le donne. Nous célébrerons nos noces après Pâques. » Depuis longtemps en effet, Henri IV tente de faire annuler son union avec Marguerite de Valois, mais le pape traîne des pieds : il n'accorde au roi

Le roi est fou amoureux de sa favorite, Gabrielle d'Estrées qui loge au Louvre à ses côtés.

l'annulation de son mariage qu'à l'automne 1599. Trop tard pour Gabrielle d'Estrées, car dans la nuit du 9 au 10 avril, la belle favorite est morte, sans doute d'une éclampsie.

Privé de Gabrielle, le roi est inconsolable, mais la raison d'État doit l'emporter : il faut un héritier au royaume, donc une nouvelle reine. Et comme les finances royales ne sont pas au beau fixe, on se tourne vers l'Italie et la richissime famille des Médicis... Le 17 décembre 1600, le roi épouse donc Marie de Médicis, qui a le mérite d'apporter une dot colossale. Mais lorsqu'elle arrive au Louvre, la nouvelle reine, habituée au luxe des palais florentins, est stupéfaite de n'y voir que des salles délabrées et encombrées. Incrédule, elle refuse même un instant de croire qu'une telle masure puisse être le palais des rois de France et pense qu'on lui joue un tour ! Et si la reine s'accommode finalement de l'appartement qu'on lui aménage dans l'aile sud, elle n'est pas au bout de ses mauvaises surprises... En effet, après l'avoir accueillie dans un palais délabré, Henri IV présente à son épouse une certaine Henriette d'Entragues, sa nouvelle favorite en titre. Le roi a au moins le mérite de la franchise : « Cette femme est ma maîtresse et veut aujourd'hui être votre humble servante », déclare-t-il à son épouse. Et comme sa favorite ne consent qu'à effectuer une petite courbette devant la reine, le roi lui appuie fermement sur l'épaule pour l'obliger à s'agenouiller ! De son côté, Marie de Médicis ne se montre pas beaucoup plus aimable avec Henriette d'Entragues, qu'elle appellera toujours, avec son fort accent italien, « la putane » !

La plus grande galerie d'Europe ?

Malgré ces déconvenues initiales, Marie de Médicis se révèle d'une efficacité surprenante pour la tâche qui lui a été assignée, car elle met au monde un héritier pour royaume de France dès le mois de septembre suivant, soit neuf mois et dix jours après le mariage ! C'est la naissance du Dauphin Louis, futur Louis XIII. Dès lors, au Louvre, c'est une atmosphère familiale et conviviale qui règne, car le roi parvient à faire cohabiter tout le monde : son épouse, ses maîtresses, ses enfants, ses bâtards... tout cela

À présent que la paix est revenue, Henri IV peut s'occuper de son palais.

dans une ambiance joyeuse, alimentée par la bonne humeur naturelle du roi.

En outre, à présent que la paix est enfin revenue dans le royaume, Henri IV peut s'occuper de son palais, dont le délabrement a tant effrayé Marie de Médicis à son arrivée. Conscient de l'impact que les chantiers royaux peuvent avoir sur la relance économique du pays, le roi lance un projet particulièrement ambitieux. Il s'agit d'abord d'achever la reconstruction de l'aile sud du Louvre, mais aussi de surélever la Petite Galerie d'un étage, lequel deviendra plus tard la galerie d'Apollon. Enfin et surtout, Henri IV s'attache à réaliser l'idée qu'a eue Catherine de Médicis quarante ans plus tôt : relier le Louvre aux Tuileries par une immense galerie parallèle à la Seine, faisant ainsi de l'ensemble un très vaste palais : c'est le « grand dessein » du Louvre.

L'aile de bâtiments que l'on construit alors le long de la Seine, et que l'on baptise aimablement « galerie du Bord de l'Eau », atteint des proportions inusitées : près d'un demi-kilomètre de longueur ! Cependant, il ne s'agit pas d'un corps de logis destiné à la résidence du roi, ni d'une galerie de musée comme aujourd'hui. Non, la galerie qui voit le jour à l'étage du nouveau bâtiment n'est qu'un simple couloir de liaison entre les deux palais. Mais un couloir immense et magnifique, qui devient alors de loin la salle la plus longue jamais édifiée en Europe, avec ses 442 mètres. Aux niveaux inférieurs en revanche, l'espace est divisé par d'innombrables murs de refend, qui délimitent plus de 150 petites pièces, où le roi décide d'installer les ateliers et les logements des meilleurs artistes et artisans du royaume, que l'on ne tarde pas à surnommer « les illustres » : qu'ils soient peintres, sculpteurs, horlogers, ébénistes, orfèvres, tapissiers, ces hommes de l'art pourront à la fois exercer leurs talents et enseigner leur savoir à des apprentis. En somme, l'aile de la galerie du Bord de l'Eau devient une incroyable cité des arts.

Conscient de l'impact que les chantiers royaux peuvent avoir sur la relance économique du pays, le roi lance un projet particulièrement ambitieux.

Le saviez-vous ?

Pourquoi Gabrielle d'Estrées se laisse-t-elle pincer le téton ?

C'est l'un des tableaux les plus célèbres et les plus énigmatiques du Louvre : à la fois sensuel et mystérieux, il représente deux jeunes femmes nues à la peau blanche comme de la porcelaine, réunies dans leur bain, l'une présentant une bague et l'autre... tenant par deux doigts le téton de sa partenaire ! Plus étonnant encore, les deux demoiselles se ressemblent étrangement et fixent le spectateur d'un air mystérieux, tandis qu'à l'arrière-plan une domestique se livre à des travaux de couture, à côté d'une cheminée sur laquelle on aperçoit un tableau figurant un homme nu dont les parties génitales sont masquées par un foulard rouge... Que de mystères pour un seul tableau ! Et d'abord, qui sont ces deux jeunes femmes, et pourquoi ce geste étrange ? En fait, il semble que la peinture représente Gabrielle d'Estrées, la favorite d'Henri IV, ainsi que sa sœur la duchesse de Villars. Et si cette dernière tient dans ses doigts le téton de sa sœur, ce serait un geste symbolique pour signifier que la favorite est enceinte, ou qu'elle vient de donner naissance à un enfant, celui du roi naturellement. La femme à l'arrière-plan pourrait alors être une nourrice destinée à l'enfant en question, tandis que l'homme nu du tableau ne serait autre qu'Henri IV lui-même. Quant à l'anneau, c'est évidemment l'anneau du mariage que le roi avait promis à sa belle favorite...

Henri IV, roi ou père de famille ?

Au Louvre, le temps d'Henri III et de ses mignons est révolu : finies les tenues sophistiquées et le cérémonial figé. Avec Henri IV, l'atmosphère devient décontractée et familiale. En janvier 1599, recevant une délégation parlementaire venue discuter de l'édit de Nantes, le roi leur dit : « Vous me voyez en mon cabinet [...] non point en habit royal [...] mais vêtu comme un père de famille, en pourpoint. » Le ton est franc, direct, intime. Le Louvre n'a jamais autant ressemblé à une maison de famille que sous Henri IV, pour le meilleur, et parfois pour le pire.

Le petit Louis XIII ne veut pas laver ses pieds !

Après avoir passé l'essentiel de sa petite enfance à Saint-Germain-en-Laye, le Dauphin Louis s'installe au Louvre en 1608, à l'âge de six ans. La grande affection qu'il éprouve pour son père est pleinement réciproque : très attaché à son fils, Henri IV se fait même appeler « papa », alors que l'étiquette voudrait que son fils lui donne du « Monsieur ». En outre, le roi veille de près sur l'éducation du petit Louis et prend souvent le temps de jouer avec lui, comme avec ses autres enfants. Avec Marie de Médicis en revanche, les rapports sont plus distants : la reine n'a guère d'affection pour le petit Dauphin, auquel elle préfère son frère cadet, Gaston. Pour se consoler lorsque son père est absent, le futur Louis XIII ne peut donc compter sur

Henri IV se fait même appeler « papa », alors que l'étiquette voudrait que son fils lui donne du « Monsieur ».

ses chiens, à commencer par le vieux Pataut, le chien de sa gouvernante, que le futur roi aime atteler à un carrosse miniature pour se faire promener ! Le futur souverain profite aussi de la compagnie d'un lapin, d'une chèvre, d'un mulet et de quelques animaux plus exotiques comme de petits singes et un caméléon. Enfin, lorsque la pluie ou le froid interdisent de profiter des jardins, le Dauphin dispose d'un terrain de jeu tout trouvé : la galerie du Bord de l'Eau, cette salle interminable où tous les divertissements sont permis, jusqu'aux plus incongrus. Un jour, le petit Louis y promène même un chameau que vient de lui offrir le duc de Nevers !

C'est aussi dans la galerie du Bord de l'Eau que le jeune Dauphin se livre à une activité bien moins plaisante : la fameuse cérémonie du toucher des écrouelles. En effet, on pense alors que le pouvoir thaumaturge des rois leur permet de guérir la scrofule, une maladie tuberculeuse caractérisée par la poussée de ganglions purulents autour du cou... Alors que le petit Louis n'a pas encore dix ans, il est donc contraint de toucher des centaines de scrofuleux au cours de cérémonies longues de plusieurs heures ! Dégoûté par ces immondes pustules, le malheureux enfant manque de se trouver mal à chaque instant, mais sa mère l'oblige à continuer. Dans le même ordre d'idées, chaque Jeudi saint, son père respecte la coutume de la Cène royale, qui consiste à laver les pieds des pauvres, et tente d'inciter son fils à l'imiter. Ce que le jeune prince refuse obstinément : « Non, je ne veux pas, crie-t-il. Ils ont les pieds puants ! » Un désagrément qui ne semble guère gêner son père, lui-même assez odorant de nature...

Le Louvre, un « bordel » royal !

Le témoignage de l'ambassadeur du grand-duc de Toscane, en visite au Louvre, est éloquent : « En vérité, on n'a jamais rien vu qui ressemble plus à un bordel que cette cour » Il est vrai que le joyeux désordre qui règne dans le palais royal sous Henri IV a de quoi dérouter ceux qui n'en sont pas coutumiers : princes et princesses, courtisans et grandes dames, officiers, serviteurs, soldats, pages, visiteurs, maîtresses royales... tout le monde se bouscule en permanence dans les galeries et les escaliers. Cette

Le joyeux désordre qui règne dans le palais royal a de quoi dérouter ceux qui n'en sont pas coutumiers.

promiscuité ne dérange nullement le roi, bien au contraire. D'un naturel simple, Henri IV vit au Louvre sans apparat. D'ailleurs, alors qu'il aurait pu s'installer aux Tuileries, désormais desservies commodément par la galerie du Bord de l'Eau, le roi préfère conserver les appartements ancestraux du pavillon du Roi, pourtant étriqués. À l'opposé de la sophistication vestimentaire d'Henri III, il s'habille le plus souvent de vestes usées et de pourpoints défraîchis. L'hygiène est à l'avenant : au contraire de la reine qui prend des bains, le roi ne se lave pas, ou si peu... Le matin, il se rafraîchit le visage avec un peu d'eau, puis se couvre de parfums pour camoufler son odeur. En outre, nombreuses sont les maîtresses qui se plaignent de son haleine empestant l'ail, dont il raffole ! Plus globalement d'ailleurs, le roi a un appétit d'ogre et les repas qu'il prend en public attirent toute la cour, au point que les gardes suisses peinent à retenir la foule autour de la table. La nuit enfin, il n'est pas rare que le petit Dauphin vienne dormir dans le lit de son père. Malgré toute l'affection qu'il lui porte, celui-ci trouve le charmant bambin trop remuant : souvent, il l'empêche de dormir en posant ses petits pieds sur sa poitrine !

Lorsque le temps le permet, Henri IV aime se promener longuement dans les jardins du Louvre ou des Tuileries, tout en discutant avec ses conseillers et en satisfaisant aux devoirs de la charge. Lorsqu'il passe le long de la galerie du Bord de l'Eau, alors en plein chantier, il observe les ouvriers au travail et les salue avec sa bonne humeur habituelle. Le soir, il arrive souvent qu'il quitte le Louvre pour aller souper chez Sully, son principal ministre, à l'Arsenal. Rentrant au palais de nuit, il profite alors d'une soirée de plaisirs : si les fêtes sont un peu moins fréquentes que du temps d'Henri III, on aime beaucoup le jeu au Louvre, et le roi perd régulièrement de grosses sommes d'argent. Les jours de bal enfin, c'est-à-dire tous les jeudis et dimanches, on se livre à des danses joyeuses et animées, parfois un peu gaillardes. Le roi prend alors plaisir à regarder danser les demoiselles d'honneur de la reine, parmi lesquelles se trouvent souvent ses maîtresses du moment...

Scènes de ménage au Louvre !

Avec Marie de Médicis, en revanche, l'entente n'est pas toujours cordiale. Comme le roi multiplie les conquêtes et qu'il ne s'en cache nullement, les disputes sont monnaie courante, et c'est parfois Sully en personne qui en est le spectateur privilégié, comme en ce matin du premier de l'an 1606, lorsque le ministre pénètre dans la chambre conjugale... La tradition veut en effet que, ce jour-là, le roi et la reine jettent des pièces d'argent à la foule de pauvres et invalides, lesquels se massent déjà sous les fenêtres du Louvre. Alors que le roi dort encore, Sully pénètre donc dans la chambre pour lui apporter les sacs de pièces à distribuer. S'éveillant péniblement, le roi ouvre le rideau de son lit pour saluer Sully – qu'il appelle Rosny, du nom de son marquisat – avec sa bonhomie habituelle. Puis il se tourne vers la reine, encore couchée : « Ma mie, voici Rosny, lequel vient nous apporter nos étrennes. » Mais la reine reste immobile : « Non elle ne dort pas, explique le roi, elle est furieuse, toute la nuit elle n'a fait que me tourmenter. » Une fois Sully parti, il glisse à la reine : « Éveillez-vous, dormeuse, venez me baiser et ne grognez plus ! »

La scène peut faire sourire, mais elle est le prélude d'une véritable dégradation des relations dans le couple royal. De plus en plus, le roi redoute son épouse, qui ne cesse de l'accabler

Le roi quitte le Louvre… pour aller dormir chez son fidèle Sully.

de reproches. En outre, la reine cède trop à l'influence de sa vieille amie italienne, Leonora Galigaï, qui l'a accompagnée en France, ainsi qu'au mari de cette dernière, un certain Concino Concini. Un Italien avide et ambitieux, qui parvient à gagner la faveur du roi en se faisant son partenaire de cartes. Gagnant peu à peu des charges prestigieuses, Concini obtient l'honneur de pouvoir entrer au Louvre à cheval, comme les plus grands seigneurs. Déjà, les Concini s'enrichissent de façon ostensible : ils ne tardent pas à acheter un hôtel à proximité du Louvre. Profitant de l'influence grandissante de ses compatriotes, Marie de Médicis se rend alors de plus en plus insupportable à son époux : les scènes de ménage sont incessantes et poussent souvent le roi à quitter le Louvre… pour aller dormir chez son fidèle Sully, enfin tranquille !

Le saviez-vous ?

Un premier musée au Louvre ?

Alors même qu'il fait surélever la Petite Galerie d'un étage, Henri IV offre un nouvel usage à une partie du rez-de-chaussée : il y fait installer sa collection de sculptures. Jusque-là, la plupart de ces œuvres étaient conservées au château de Fontainebleau, dans l'appartement des Bains. Inutile de dire que l'humidité et les changements de température qui y régnaient ne constituaient pas des conditions idéales pour la conservation des œuvres... Au Louvre, ces magnifiques statues trouvent enfin un cadre digne d'elles, car la salle qui les abrite est entièrement revêtue de marbres de couleurs, qu'Henri IV a fait venir des carrières pyrénéennes. Parmi les œuvres qui constituent alors la collection royale, la plupart se trouvent encore au Louvre aujourd'hui, notamment la célèbre *Diane de Versailles*, aujourd'hui dans la salle des Cariatides. Le Louvre devenait ainsi, pour la première fois, un lieu ouvert à l'art.

Au Louvre, de magnifiques statues trouvent enfin un cadre digne d'elles.

Pourquoi Louis XIII se laissait-il humilier par les Italiens ?

Désormais roi, le petit Louis XIII n'a que huit ans au moment de l'assassinat de son père. Lorsqu'on lui apprend la nouvelle, il se lamente : « Ah ! Si seulement j'avais été là, avec mon épée ! » Une réaction touchante, mais à vrai dire, c'est surtout le jeune roi qui aurait bien besoin du soutien de son père désormais… Car au contraire d'Henri IV qui l'aimait tendrement, Marie de Médicis n'éprouve guère d'affection pour son fils, et ne se prive pas de lui faire ressentir. Pire encore peut-être, la régente se laisse gouverner par ses amis italiens, les Concini, qui font subir au roi mille petites humiliations.

Sully, démission !

Conscient du désintérêt – voire du mépris – de sa mère envers lui, privé de l'affection de son père par la force des choses, le petit Louis XIII se montre de plus en plus timide, et commence à souffrir de bégaiement. Pour le soutenir, il ne peut compter que sur son demi-frère, César de Vendôme, l'un des nombreux fils naturels d'Henri IV, et sur son précepteur, Gilles de Souvré, avec lequel

Louis XIII n'a que huit ans au moment de l'assassinat de son père, Henri IV.

s'installe une relation ambiguë. Mais cela ne suffira pas à combler l'absence d'un père aimant et attentif.

Au Louvre aussi, l'absence d'Henri IV et de sa bonhomie se fait cruellement sentir. Désormais régente du royaume, Marie de Médicis ne brille guère par ses qualités, au physique comme au moral : empesée, maussade, intrigante mais balourde, elle se montre aussi superstitieuse et crédule. D'ailleurs, la régente est d'ores et déjà sous l'influence de son amie Leonora Galigaï et de son époux Concino Concini. La seule ambition des deux Italiens ? S'enrichir sans limite – ce qui est déjà bien avancé – et se hisser au sommet du pouvoir. Pour cela, il faut d'abord écarter Sully du conseil de régence : en complet désaccord avec la reine au sujet du budget, le ministre est poussé à la démission. Ainsi la reine-mère de celui qui avait été le meilleur serviteur du royaume sous le règne de son époux.

Pour le remplacer, Concini se montre plutôt habile, mais il ne met cette qualité au service que de son ambition et de sa prétention : ainsi se présente-t-il au Louvre accompagné de dizaines d'écuyers, pages et domestiques vêtus à sa livrée. Arborant le titre ronflant de marquis d'Ancre à la suite de l'achat de terres en Picardie, il est élevé à la dignité de maréchal de France en 1613. Dès lors, Concini se fait donner du « maréchal d'Ancre » et devient de fait le principal ministre de la reine. En dehors de cette dernière, pourtant, son impopularité fait à peu près l'unanimité : le petit peuple, les grands seigneurs, les parlementaires, les courtisans... tout le monde le déteste, hormis ceux qui profitent de sa faveur ! Obtenant la disgrâce du chancelier Sillery, Concini fait nommer au Conseil de régence plusieurs nouveaux ministres, notamment Claude Barbin, contrôleur général des finances, et Claude Mangot, secrétaire d'État aux Affaires étrangères. Un peu plus tard, lorsque ce dernier est nommé garde des Sceaux, il est remplacé à son poste précédent par un certain Armand Jean du Plessis de Richelieu, alors évêque de Luçon...

Pourquoi une Espagnole autrichienne pour épouse ?

La régente Marie de Médicis informe le jeune Louis XIII de son projet de mariage.

Catholique fervente et désormais débarrassée de son ancien protestant de mari, Marie de Médicis souhaite un rapprochement de la France avec l'Espagne. Et quoi de mieux pour cela qu'un mariage ? Le petit Louis XIII épousera donc une infante espagnole, que l'histoire retiendra sous le nom d'Anne d'Autriche – sa mère était en effet archiduchesse d'Autriche. Après des tractations avec Madrid, l'affaire est entérinée au Louvre, lors de la séance du Conseil du 16 janvier 1612. Le soir même, la régente informe le jeune Louis XIII de son projet. Le médecin Héroard rapporte alors un dialogue étonnant : « – Mon fils je veux vous marier. Le voulez-vous bien ? – Je le veux bien, Madame. – Mais vous ne saurez pas faire des enfants. – Excusez-moi, Madame ! » proteste alors le roi, l'air de dire qu'il sait parfaitement s'y prendre. « – Et comment le savez-vous ? demande la reine. – Monsieur de Souvré me l'a appris. » Monsieur de Souvré était, on se le rappelle, le précepteur du petit roi...

Les fiançailles du jeune roi donnent lieu à des réjouissances somptueuses : au Louvre, des ballets sont donnés tous les

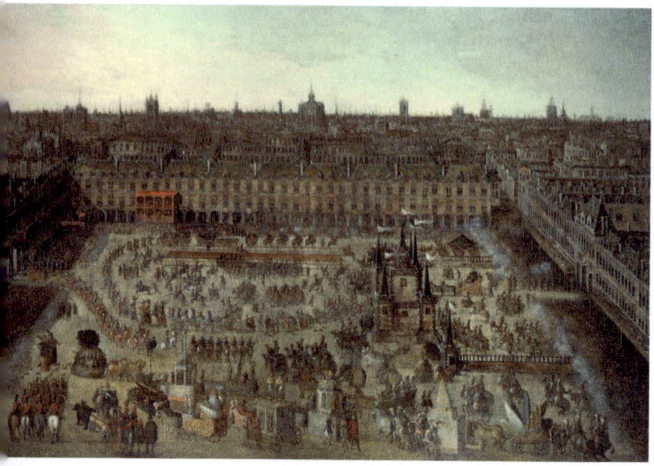

Les fiançailles du jeune roi donnent lieu à des réjouissances somptueuses.

dimanches du mois de février, tandis qu'on organise des cavalcades le long des quais. Ce n'est toutefois pas à Paris, mais à Bordeaux que le mariage est célébré, le 21 novembre 1615. Bien que les jeunes époux ne soient âgés tous les deux que de quatorze ans, Marie de Médicis insiste alors pour que l'union soit immédiatement consommée. Malgré les leçons de Monsieur de Souvré, le résultat semble catastrophique, de sorte que Louis XIII vit cette nuit de noces forcée comme une véritable humiliation : il ne s'approchera plus du lit de sa jeune épouse durant quatre ans. Anne d'Autriche n'en est pas moins devenue reine, et lorsque la cour rentre à Paris au début de l'année 1616, l'ambassadeur d'Espagne, bien informé, rappelle à Marie de Médicis que l'appartement du premier étage de l'aile sud est réservé à la reine régnante... La régente doit donc déménager au rez-de-chaussée !

Louis XIII, un roi-cuisinier ?

La nuit de noces avec Anne d'Autriche n'aura été pour Louis XIII qu'une avanie parmi bien d'autres. Bien qu'il soit majeur depuis ses treize ans, le roi se trouve en complète sujétion vis-à-vis de sa mère régente et de son favori Concini. Et lorsque le jeune souverain tente de faire entendre sa voix bégayante au

Conseil, Marie de Médicis n'hésite pas à le renvoyer sans ménagement : « Mon fils, allez donc vous distraire ailleurs ! » Dans ces conditions, on comprend aisément que le jeune roi manque de confiance en lui. Sa mère et les Concini lui font subir mille petites humiliations, à commencer par les séances de thaumaturgie, qu'il déteste toujours, mais qu'on continue de lui imposer. Pire encore, un soir que le jeune roi fait un peu de bruit dans ses appartements, Leonora Galigaï, logée à l'étage inférieur, ose lui envoyer un page pour se plaindre du dérangement ! Furieux, Louis XIII lui fait répondre que « Si sa chambre est exposée au bruit, Paris est bien assez grand pour qu'elle en trouve une autre ! ».

Dans les faits, toutefois, le jeune souverain a les mains liées. Il ne peut que subir, et tenter d'oublier ces vexations en se livrant à ses passions : la chasse au vol, une discipline dans laquelle il excelle, mais aussi, à l'instar de Charles IX, la métallurgie. À l'étage supérieur du pavillon du Roi, Louis XIII dispose de ses propres ateliers, avec forge, enclumes, fourneaux, établis... Il prend alors plaisir à fabriquer ou réparer des armes, ou encore à frapper monnaie, mais apprécie également de se livrer à d'autres activités manuelles, comme imprimer des textes à l'aide d'une presse, raser la barbe ou couper les cheveux d'un familier, ou tout simplement faire la cuisine : on dit que le roi prépare d'excellentes confitures, qu'il aime faire goûter à son entourage ensuite !

Aveuglés par leur ambition, les Concini ne voient pas que, derrière la façade d'un adolescent peu sûr de lui, le jeune Louis XIII se mue peu à peu en un véritable souverain, déterminé à reprendre les rênes du pouvoir. Au cours de ses parties de chasse, en effet, le roi s'est considérablement rapproché de Charles d'Albert, duc de Luynes, qui obtient la charge de grand fauconnier de France et loge dans un appartement situé au-dessus de celui du roi. Ni Marie de Médicis ni les Concini ne perçoivent Luynes comme un adversaire redoutable : il n'est pour eux qu'un méridional à l'accent chantant, aimable, expert en chasse au vol et en jeu de paume. D'ailleurs, Luynes se plaît à entretenir cette façade. Mais dans le privé, Louis XIII et son favori ne songent plus qu'à une chose : débarrasser le royaume de ces Italiens voleurs, et remettre le pouvoir entre les mains du roi.

Le saviez-vous ?

Une leçon d'arrestation politique ?

Depuis le projet de mariage avec Anne d'Autriche, Marie de Médicis et les Concini ont un adversaire de taille à affronter : le prince de Condé. L'ancien mari jaloux de Charlotte-Marguerite de Montmorency s'oppose à l'alliance avec l'Espagne et réunit derrière lui de nombreux nobles protestants. Alternant révoltes, campagnes militaires et négociations, il sait imposer sa présence au sein du Conseil de régence à partir du mois de mai 1616, une position dont il profite alors pour s'opposer plus fermement encore à Concini. Nouveau venu au Conseil de régence mais déjà fin politique, Richelieu conseille alors à Marie de Médicis de mettre un terme à la menace que représente Condé, tout simplement en procédant à son arrestation. C'est au Louvre que se déroule la scène décisive, le 1er septembre 1616 : alors que le Conseil des finances s'achève, Condé se rend sans méfiance dans les appartements de la régente Marie de Médicis… où il tombe nez à nez avec des gardes qui s'emparent de sa personne ! Enfermé dans une chambre du Louvre, il est conduit peu après à la Bastille, puis au donjon de Vincennes, pour une longue captivité. La réaction du roi, qui n'apprécie guère Condé, est sans détour : « Bon, voilà ce fils de putain pris ! » Marie de Médicis vient de fournir à son fils la démonstration parfaite de comment se débarrasser d'un opposant, et Louis XIII ne va pas tarder à mettre à profit cette leçon…

Pourquoi l'affaire Concini devait-elle se régler au Louvre ?

Une fois Condé arrêté, l'arrogance de Concini redouble. Un jour de novembre, il croise Louis XIII dans la galerie du Bord de l'Eau et, entouré de ses courtisans, l'ignore royalement. Pour le jeune roi, l'affront est de trop. Humilié, il prend sa décision : mettre fin à l'emprise de Concini. Arrestation ou exécution ? Le choix reste flou. Mais c'est au Louvre que tout va se jouer.

« Et s'il se défend ? Qu'on le tue ! »

Appuyé par Luynes, Louis XIII est bien décidé à opérer un coup de majesté. Reste à savoir quand et sous quelle forme exactement : faut-il arrêter Concini, comme Marie de Médicis vient de le faire avec Condé, ou bien le faire assassiner, comme Henri III l'a fait avec le duc de Guise presque trente ans plus tôt ? Et, surtout, où et quand opérer ? Avec son ardeur d'adolescent, le roi souhaite agir le plus vite possible, mais Luynes, d'un naturel méfiant, l'encourage à ne pas se précipiter.

L'arrogance de Concini redouble. Louis XIII prend sa décision : mettre fin à son emprise.

Il faut attendre des circonstances favorables et, d'ici là, donner le change du mieux possible : ne rien laisser paraître, ne rien changer aux habitudes. Lors de la représentation du ballet *Renaud et Armide*, toutefois, Louis XIII n'hésite pas à interpréter un démon du feu, dans un habit couvert de flammèches… Cela aurait pu mettre la puce à l'oreille des Italiens, si le secret du coup de majesté à venir n'avait pas été si bien gardé par les rares personnes initiées dans l'entourage du roi.

Pour préparer la chute de Concini, le roi et Luynes s'appuient sur un simple roturier, Guichard Déageant, le secrétaire ordinaire de Marie de Médicis. Déterminé à nuire à Concini, Déageant compense les hésitations de Luynes et joue un rôle central dans la préparation du coup de majesté. Mais il ne peut agir lui-même : l'arrestation du favori exige des compétences guerrières au cas où les choses tourneraient mal. On choisit donc de faire appel à un militaire de toute confiance : Nicolas de l'Hospital, baron de Vitry, capitaine de la seconde compagnie des gardes du corps. Et afin de ne pas éveiller les soupçons, il faut attendre que Vitry reprenne comme prévu ses fonctions au Louvre, le 1er avril 1617. Le soir même de son retour, le capitaine est convoqué discrètement dans les appartements de Luynes, où le roi en personne explique ce qu'on attend de lui… L'arrestation devra se dérouler au moment de l'arrivée de Concini au Louvre, lorsque le favori passera le seuil de la vieille porterie médiévale qui forme toujours l'accès principal du palais : il faudra alors laisser Concini entrer, mais refermer immédiatement la porte de façon à le couper de sa suite, puis l'arrêter aussitôt. « À vos ordres, sire », répond sobrement Vitry, qui ajoute toutefois, après une pause : « Mais s'il se défend ? » Louis XIII reste silencieux, mais Déageant répond pour lui : « Le roi entend qu'on le tue. »

Dès lors, il ne reste plus à Vitry qu'à se choisir quelques hommes de confiance pour l'épauler : son frère François, son beau-frère le baron de Persan et l'un des meilleurs hommes de la compagnie des gardes du corps, Guichaumont. Quatre hommes seulement, pour ne pas risquer d'éventer le complot. Ce sera suffisant pour se rendre maîtres du favori, du moins si l'on parvient à le couper de ses partisans…

Concini va-t-il enfin arriver ?

L'opération fatidique est prévue pour le lundi 24 avril 1617 au matin, au moment de l'arrivée de Concini au Louvre, soit entre huit heures trente et neuf heures, selon les habitudes du favori.

L'arrestation devra se dérouler au moment de l'arrivée de Concini au Louvre.

Concini reçoit alors une balle dans le cou, une autre dans la joue et la dernière en pleine tête.

Pour n'éveiller aucun soupçon en laissant un blanc dans son agenda, Louis XIII a fait croire qu'il irait à la chasse ce jour-là. Mais le matin venu, il prend prétexte d'une partie de billard pour différer son départ, car il faut évidemment qu'il soit présent en personne pour le coup de majesté. Cependant, Concini tarde à arriver. Dans la salle des Gardes, où il attend le signal des guetteurs, Vitry est extrêmement nerveux : l'Italien devrait être arrivé depuis une heure déjà... Le complot aurait-il été éventé ? Vitry est si anxieux qu'il songe déjà à envoyer toute sa compagnie prendre d'assaut la maison de Concini ! Mais enfin, à la demie de dix heures, le guetteur fait un signe : Concini arrive. Le favori est vêtu d'un superbe manteau de velours noir et marche à la tête d'une cinquantaine de familiers, sa petite cour habituelle. Absorbé par une lettre qu'il lit tout en marchant, Concini franchit le pont-levis du Louvre... et ne s'aperçoit même pas qu'on referme les portes derrière lui ! Vitry lui empoigne alors le bras : « Le roi m'a commandé de me saisir de votre personne. » Le favori s'exclame-t-il alors simplement « Moi ? », saisi par la surprise ? Ou bien crierait-il « À moi ! » pour appeler au secours ? En tout cas, son cri ne trouve d'autre réponse que la détonation quasi simultanée de cinq pistolets, tenus par Vitry et ses hommes. Concini reçoit alors une balle dans le cou, une autre dans la joue et la dernière en pleine tête. Son corps s'effondre sur le pavé. Tout s'est déroulé en un instant. De l'autre côté de la porte, comprenant ce qui vient de se produire, les fidèles du favori prennent la fuite.

Les coups de feu fatals à Concini retentissent dans tout le Louvre, mais comme le secret du complot a été bien gardé, presque tout le monde ignore de quoi il s'agit, à l'exception bien sûr de Louis XIII et de ses complices, qui patientent dans les appartements. Quelques secondes plus tard, d'ailleurs, un serviteur mal informé se précipite dans la pièce et annonce au roi que l'arrestation est manquée, et que toute l'escorte de Concini est en train d'envahir le Louvre ! Du haut de ses seize ans, le souverain conserve un sang-froid imperturbable : il ordonne simplement qu'on lui apporte sa carabine... Pour se défendre, ou pour tuer lui-même Concini ? On ne le saura jamais, car quelques secondes plus tard, le colonel d'Ornano surgit à son tour. Plus au fait des événements, il déclare simplement au roi : « Sire, c'est fait ! »

Louis XIII, enfin roi ?

Partout dans le Louvre, la nouvelle de la mort de Concini se propage. Bientôt, Marie de Médicis est informée à son tour. Comme sept ans plus tôt, à la nouvelle de l'assassinat de son mari, la reine-mère réagit par l'affolement : elle gesticule, se

Louis XIII fête sa victoire au premier étage de la Petite Galerie entouré d'une cour désormais acquise à sa cause.

tord les mains, court partout dans la pièce. Ce n'est pas la mort de son favori qui l'afflige, mais bien son propre sort : « *Poveretta di me !* » s'écrie-t-elle. En effet, si peu fine qu'elle soit, la reine-mère comprend immédiatement que l'assassinat de Concini signifie pour elle la fin de la régence, la disgrâce et, qui sait, peut-être pire encore… Alors, la reine-mère tente de reprendre l'ascendant sur son fils : elle multiplie les messages pour demander à lui parler. Mais Louis XIII refuse toute entrevue, répond simplement qu'il entend désormais être le maître, et prie sa mère de rester dans ses appartements jusqu'à nouvel ordre. Cela revient à dire qu'elle est désormais sa prisonnière, en attendant l'exil…

Au fil de la journée, la nouvelle de l'assassinat de Concini se répand dans la capitale. Les Parisiens, qui détestent viscéralement le favori, affluent à proximité du Louvre : ils veulent le voir pour le croire ! Le soir, Louis XIII fête sa victoire au premier étage de la Petite Galerie – dans l'actuelle galerie d'Apollon –, entouré d'une cour désormais acquise à sa cause. Juché sur un billard, il exulte devant la foule : « Grand merci, grand merci à vous ! À cette heure, je suis roi ! » Et lorsque Richelieu, toujours évêque de Luçon, arrive à son tour, le souverain lui lance : « Eh bien, Luçon, me voilà hors de votre tyrannie ! Allez, allez ! Ôtez-vous d'ici ! » Pourtant, Louis XIII est loin d'en avoir terminé avec Richelieu…

Le 8 juillet 1617, Leonora Galigaï est brûlée place de Grève.

Le saviez-vous ?

Une belle preuve d'amitié !

Alors qu'elle vient d'apprendre la mort de Concini, on demande à Marie de Médicis comment il faut annoncer la nouvelle à Leonora Galigaï, dont le mari vient de se faire assassiner. La reine-mère réplique alors sèchement : « J'ai bien autre chose à penser ! Si on ne veut pas lui dire la nouvelle, qu'on la lui chante ! » Voilà tout le cas que la reine fait d'une amie de trente ans... Finalement avertie de la mort de Concini, Leonora Galigaï reste d'abord d'une froideur étonnante : elle pense sans doute pouvoir se tirer d'affaire à coups de savantes intrigues et avec l'aide de la reine-mère, comme elle l'a toujours fait jusqu'ici. Mais lorsqu'elle apprend que Marie de Médicis refuse de lever le petit doigt pour elle, l'Italienne se met à hurler, puis rassemble ses bijoux et son or sous un matelas et se couche dessus. Au bout de quelques instants, des gardes entrent dans la chambre, pour l'arrêter. Elle se cramponne, hurle, se débat... Il faut la jeter à terre, puis la traîner dans une chambre aux fenêtres grillagées qui fera office de prison. Au contraire de la reine, ce n'est pas l'exil qui l'attend, mais le bûcher. En effet, faute de pouvoir retenir contre elle des charges suffisantes pour la condamner à mort, on accuse Leonora Galigaï de sorcellerie ! Au terme d'un procès dont tout le monde connaît l'issue à l'avance, la veuve de Concini est condamnée à être brûlée en place de Grève, le 8 juillet 1617. Le jour venu, la charrette qui transporte la condamnée met une heure à parcourir les quelques centaines de mètres qui séparent le palais de la Cité de l'Hôtel de Ville, tant la foule est dense pour assister aux derniers instants de la femme la plus détestée du royaume.

Quand le devoir d'État devient affaire de lit !

Dès le lendemain de l'assassinat de Concini, Louis XIII réunit un Conseil épuré de la reine-mère et de ses alliés, Richelieu en tête. Il rappelle les anciens conseillers de son père, sauf Sully, qu'il n'apprécie guère. Au Louvre, ce retour des « vieux barbons » est tempéré par la jeunesse du roi et de la reine, à peine sortis de l'adolescence. Mais leur fraîcheur n'efface pas une autre réalité : les jeunes époux peinent à s'accorder dans l'intimité. Et pour espérer un héritier, il faudra bientôt... forcer un peu le destin.

Qui monte et qui descend ?

Le mercredi 3 mai 1617, un peu plus d'une semaine après le coup de majesté de Louis XIII, Marie de Médicis quitte le Louvre pour rejoindre château de Blois où elle doit passer son exil. Les adieux avec son fils sont glaçants : en larmes, la reine-mère affirme qu'elle a fait ce qu'elle a pu pour s'acquitter de la régence, à quoi le roi ne répond que quelques paroles froides, sans l'ombre d'une émotion. Le carrosse de Marie de Médicis est suivi par ceux de ses fidèles et familiers condamnés à partager son exil, parmi lesquels se trouve Richelieu. Mais la reine-mère et l'évêque de Luçon ne vont pas trop tarder à fouler de nouveau les pavés du Louvre...

Marie de Médicis quitte le Louvre pour rejoindre le château de Blois où elle doit passer son exil.

Pour l'instant toutefois, c'est au tour des alliés du roi – et particulièrement ceux qui ont participé au complot contre Concini – d'être récompensés de leur fidélité : alors que Luynes prend la direction des affaires, Déageant devient son adjoint et obtient la charge d'intendant général des finances, tandis que le baron de Vitry est nommé maréchal de France. Dans le grand escalier du Louvre se déroule alors une scène célèbre, qui résume bien la situation : alors qu'ils gravissent les marches pour se rendre auprès du roi, Luynes et son frère croisent le duc d'Épernon – ancien mignon d'Henri III et fidèle soutien de Marie de Médicis – qui fait le trajet en sens inverse. Ce dernier leur lance alors, avec autant de lucidité que d'amertume : « Vous montez, messieurs, tandis que nous descendons. »

De fait, pour Charles de Luynes, l'heure est au triomphe : non seulement le favori de Louis XIII règne désormais sur le Conseil, mais il récupère en outre une grande partie des biens des Concini. Comblé de titres et d'honneurs par le roi, jusqu'à obtenir la charge très prestigieuse de connétable de France, Luynes devient en quelque sorte le remplaçant de Concini... Enfin, preuve de sa réussite, il contracte une alliance avec la grande et prestigieuse famille de Rohan : le 13 septembre 1617, dans la chapelle de la Reine au Louvre, le mentor du roi épouse la jeune Marie de Rohan, plus connue sous le titre qu'elle prendra plus tard – à l'occasion d'un second mariage – de duchesse de Chevreuse.

Une leçon d'éducation sexuelle ?

Louis XIII, lui aussi, savoure sa nouvelle condition : à seize ans, le roi est enfin traité avec les égards qu'il mérite. Cependant, le cérémonial qui l'entoure désormais en permanence l'ennuie, et le roi se plaît à bousculer ce protocole par des gauloiseries. Ainsi lorsqu'un matin, le grand maître de la garde-robe vient lui présenter la chemise royale pour qu'il la revête, Louis XIII lui présente... son postérieur ! Un humour bien représentatif de l'état d'esprit d'un roi qui préfère bavarder avec les domestiques et les soldats plutôt qu'avec les grands personnages du royaume, auprès desquels, manquant toujours de confiance en lui, il se sent mal à l'aise.

Le roi n'est guère moins gêné avec la reine, car depuis le fiasco de sa nuit de noces prématurée, il rechigne à remplir ses devoirs d'époux. Or, l'une des premières missions du roi est d'engendrer un ou plusieurs héritiers pour le royaume. À présent que les époux royaux sont en âge de le faire, l'absence totale d'intimité entre Louis XIII et Anne d'Autriche devient donc un problème public, dont on n'hésite pas à parler ouvertement au roi : depuis Luynes jusqu'à l'ambassadeur d'Espagne, en passant par les suivantes de la reine, tout le monde prie le roi de s'acquitter de son devoir. Gêné, Louis XIII prétexte alors tout et n'importe quoi : l'indisposition, son jeune âge, la chaleur en été, le froid en hiver… tout est bon pour y échapper ! Au début de l'année 1619, alors qu'on célèbre au Louvre le mariage de la demi-sœur du roi, Catherine de Vendôme, on convainc Louis XIII d'assister à la consommation de l'union, afin de s'instruire. Sous les yeux du roi, et de toute l'assistance, les jeunes époux se livrent alors à une performance mémorable, réitérée à plusieurs reprises, au point que les spectateurs ne peuvent se retenir d'applaudir ! Profitant d'un entracte, la mariée prend à part son royal demi-frère et lui glisse : « Sire, faites vous aussi la même chose avec la reine, et bien vous ferez ! » Mais ce conseil, tout comme la brillante démonstration qui l'accompagne, reste sans effet sur le roi.

Désespérant que le roi ne s'acquitte jamais de son devoir avec Anne d'Autriche, Charles de Luynes finit par employer une solution simple, mais pour le moins audacieuse quand elle s'applique sur la personne d'un souverain : l'usage de la force. Un soir, alors que le roi s'apprête à se coucher, son favori le prend par le bras et le traîne jusqu'à la

Désespérant que le roi ne s'acquitte jamais de son devoir avec Anne d'Autriche, Charles de Luynes finit par employer la force.

chambre de la reine ! Louis XIII essaie de résister, il se débat, il pleure, mais Luynes reste inflexible. Et lorsque le roi se trouve enfin dans la chambre de son épouse, il faut encore s'y mettre à plusieurs pour le coucher dans le lit de la reine ! Pourtant, ce coup de force se solde par un succès : à deux heures du matin, Anne d'Autriche a déjà été honorée à deux reprises… Louis XIII regagne fièrement sa chambre, et reviendra au cours des jours suivants. La nouvelle fait le tour de la cour, puis de Paris et de tout le royaume : enfin, le roi s'efforce d'obtenir un héritier. D'ailleurs, la reine est bientôt enceinte, mais cette première grossesse se solde par une fausse couche.

La jeune épouse du duc de Luynes, Marie de Rohan, brille par sa jeunesse et sa beauté.

La séductrice du siècle ?

Au Louvre, Anne d'Autriche n'est pas la seule à attirer l'attention : la jeune épouse du duc de Luynes, Marie de Rohan, brille également par sa jeunesse et sa beauté. Âgée de seulement dix-sept ans lors de son introduction à la cour, Marie de Rohan parvient immédiatement à se faire aimer de la reine. À vrai dire, la jeune femme est si séduisante que même le roi ne semble pas insensible à son charme. S'attirant les bonnes grâces du couple royal, Marie de Rohan devient, avant même ses vingt ans, l'une des femmes les plus influentes de la cour. Ce que tout le monde ignore, c'est qu'elle va se révéler aussi une remarquable intrigante…

Alors que le duc de Luynes est emporté par la fièvre à la fin de l'année 1621, sa toute jeune veuve parvient à conserver sa place au Louvre, car elle est devenue la confidente indispensable d'Anne d'Autriche. En revanche, la jeune femme perd bientôt la faveur du roi : dans la soirée du 14 mars 1622, alors qu'Anne d'Autriche et ses dames de compagnie s'amusent dans les salles du Louvre, Marie de Rohan entraîne la reine dans une course folle à travers la salle des Gardes… Malheureusement, dans la pénombre, Anne d'Autriche trébuche sur l'estrade royale et fait une mauvaise chute. Quelques jours plus tard, et contre toute attente car tout le monde ignorait qu'elle était enceinte, la reine fait une fausse couche ! C'est peut-être un héritier pour le royaume que l'on vient de perdre, et cela par la seule faute d'un jeu futile. Furieux, Louis XIII reporte toute la responsabilité sur Marie de Rohan, qu'il juge impardonnable. Disgraciée, la jeune femme doit s'éloigner de la cour, mais elle n'a pas dit son dernier mot…

Dès le 19 avril, Marie de Rohan épouse un membre de la très prestigieuse maison de Lorraine, le duc de Chevreuse, dont elle était déjà l'amante avant même la mort du connétable. Ce nouveau mari use alors de toute son influence pour que Marie soit réintégrée à la cour, si bien que dès le mois de septembre, la duchesse de Chevreuse fait son grand retour au Louvre. Décidément, Marie de Rohan sait s'y prendre, avec les hommes comme avec la politique : sa disgrâce n'aura duré que six mois.

Le saviez-vous ?

Marie de Médicis, seule rescapée d'un incendie ?

Lorsqu'il fait construire une nouvelle salle à l'étage de la Petite Galerie, à partir de 1595, Henri IV en confie le décor intérieur au peintre Toussaint Dubreuil, lequel couvre les murs et plafonds de nombreuses peintures à l'iconographie variée, les scènes étant empruntées à l'Ancien Testament aussi bien qu'à la mythologie grecque. Mais surtout, la nouvelle galerie doit abriter les portraits des rois et des reines de France, ainsi que d'autres plus petits consacrés aux grands serviteurs de l'État. C'est pour Henri IV une façon de légitimer son accession au trône, car le cycle se termine naturellement avec deux grands portraits en pied du roi et de son épouse Marie de Médicis. Malheureusement, l'étage de la Petite Galerie est victime dès 1661 d'un terrible incendie, qui emporte tous les décors et les portraits royaux... Tous ? Peut-être que non ! En effet, le musée du Louvre conserve aujourd'hui un grand portrait en pied de Marie de Médicis dans sa tenue de sacre, exécuté par Frans Pourbus autour de 1610, soit précisément au moment où l'on travaillait au décor de la galerie... Bien qu'aucune source écrite ne le confirme, il pourrait donc s'agir du portrait de la Petite Galerie, qui serait ainsi le seul à avoir échappé aux flammes !

Le musée du Louvre conserve aujourd'hui un grand portrait en pied de Marie de Médicis dans sa tenue de sacre.

Louis XIII et Marie de Médicis : je t'aime, moi non plus ?

Au Louvre, la mort de Luynes laisse un vide politique dont s'empresse de profiter Marie de Médicis. En effet, à la suite de sa spectaculaire évasion du château de Blois, la reine-mère a pris la tête d'une rébellion nobiliaire, mais s'est finalement réconciliée avec son fils le 13 août 1620 : Louis XIII et sa mère se sont alors embrassés tendrement. Le roi a pu enfin ressentir un peu de cet amour maternel qui lui a tant fait défaut jusqu'ici, tandis que Marie de Médicis a été autorisée à revenir au Louvre. Mais entre les deux, ce n'est pas la fin des drames familiaux…

Le Louvre s'agrandit… mais se vide !

À partir du 31 janvier 1622, Marie de Médicis est de nouveau admise au Conseil du roi, sans toutefois y occuper une position aussi dominante qu'autrefois. Et si la reine-mère respecte désormais son fils, elle n'en profite pas moins pour jouer de son influence en faveur de son protégé, Richelieu, pour lequel elle obtient du pape le chapeau de cardinal. Le plus difficile reste toutefois à venir : faire accepter Richelieu à son fils. Mais la reine-mère fait preuve de patience et finalement, le 29 avril 1624, Richelieu fait son grand retour au Conseil du roi.

Avec la création de la Cour Carrée, le Louvre dit définitivement adieu à la vieille forteresse médiévale.

Quelques semaines plus tard, au Louvre, Louis XIII pose à l'extrémité nord de l'aile Lescot la première pierre d'un nouvel édifice, le futur pavillon de l'Horloge, qui devra former le centre d'une nouvelle façade sur cour, deux fois et demie plus longue que la précédente. C'est la première étape d'un projet très ambitieux : la création de la Cour Carrée, promise à constituer un immense quadrilatère de 120 mètres de côté, autour duquel se développeront quatre longues ailes de bâtiments. Avec ce projet, le Louvre dit définitivement adieu à la vieille forteresse médiévale, dont les deux ailes encore subsistantes doivent être détruites. Mais il faudra bien du temps encore avant que la construction ne soit menée à son terme…

Paradoxalement, c'est alors même qu'il s'agrandit considérablement que le Louvre se vide de quelques-uns de ses plus prestigieux locataires. En 1625 en effet, Marie de Médicis s'installe sur la rive gauche de la Seine, au palais du Luxembourg, qu'elle avait commencé à faire construire du temps de Concini. Richelieu, lui, vient d'acquérir l'hôtel de Rambouillet, voisin du Louvre, qu'il ne tarde pas à faire reconstruire pour donner naissance au Palais-Cardinal – que nous connaissons aujourd'hui sous le nom de Palais-Royal. Quant au roi, il a désormais tendance à délaisser le Louvre au profit d'autres résidences royales, à commencer par Saint-Germain-en-Laye, alors même qu'Anne d'Autriche conserve sa préférence pour le palais parisien. Le roi et la reine sont donc souvent éloignés l'un de l'autre, comme une traduction concrète de la distance qui s'instaure peu à peu dans le couple royal : la duchesse de Chevreuse, toujours très proche d'Anne d'Autriche au grand mécontentement du roi, contribue à semer la discorde entre les époux.

Gaston d'Orléans, conspirateur-né ?

À cette époque, le Louvre accueille aussi un personnage des plus déroutants : le frère du roi, Gaston de France, duc d'Orléans. Logé à l'étage de l'aile Lescot, ce prince cultivé et épris de raffinement est aussi un être débauché et licencieux, grand amateur de femmes et de jeux d'argent. Or, à peine âgé de dix-huit ans, Gaston s'ennuie terriblement à la cour. C'est pourquoi, le soir, il quitte souvent le Louvre pour se rendre dans des cabarets parisiens, évidemment indignes de la présence d'un prince... Son frère tente bien de le sermonner, mais rien n'y fait : Gaston d'Orléans est incorrigible. Alors, Louis XIII finit tout simplement par lui interdire de sortir du Louvre le soir, ordre étant donné aux sentinelles de ne pas le laisser passer ! Les sorties de Gaston semblent cette fois compromises, mais l'un des compagnons de débauche du prince, le comte

Gaston d'Orléans passe toute sa vie à conspirer !

de Brion, ne s'avoue pas vaincu. Laissant Gaston revêtir un vieux manteau et une casaque de page, il l'accompagne jusqu'au guichet du Louvre, où on se livre alors à une scène digne de la commedia dell'arte : « Page, crie Brion à son faux serviteur, vous allez trop vite, je vous ai commandé mille fois de ne point le faire, vous êtes un étourdi ! » Pour parfaire la mise en scène, Brion assène alors à Gaston d'Orléans… un monumental coup de pied aux fesses, qui propulse le prince jusqu'au-delà de la porte ! Une telle violence ne pouvait que lever les soupçons éventuels des gardes. Gaston peut alors rejoindre ses lieux de débauche habituels, mais il prévient toutefois son acolyte : « Parbleu, Brion, ne recommencez plus, vous m'avez un peu trop déguisé ! »

À vrai dire, duper son monde était une sorte de seconde nature pour Gaston d'Orléans, qui devait passer toute sa vie à conspirer ! Pour sa première expérience en la matière, il est guidé par la meilleure des professeures : la duchesse de Chevreuse. Ensemble, le frère du roi et la favorite de la reine imaginent un plan pour faire assassiner Richelieu par le comte de Chalais, lequel a déjà été séduit par la belle duchesse. Cependant, avec son adresse habituelle, le Cardinal déjoue la conspiration et utilise même Chalais pour confondre les coupables.

Gaston d'Orléans obtient alors le pardon de son frère, tandis que la duchesse de Chevreuse bénéficie de la protection de la reine. Mais Louis XIII voit ce soutien accordé à une conspiratrice d'un très mauvais œil, ce qui achève de consommer la rupture dans le couple royal.

La politique ? Un jeu de dupes !

Au cours des années qui suivent, les rapports entre le roi, la reine-mère et le cardinal de Richelieu évoluent d'une façon étonnante : alors que c'est Marie de Médicis qui avait imposé la présence de Richelieu au Conseil, elle finit par s'en mordre les doigts... En effet, s'ils conservent une certaine défiance l'un envers l'autre, le roi et Richelieu s'entendent plutôt bien sur la politique à mener, tout particulièrement vis-à-vis de la maison de Habsbourg, que Richelieu tente d'affaiblir par tous les moyens. En outre, si le roi et le Cardinal mènent des campagnes militaires contre des villes protestantes dans le sud du royaume, c'est bien moins par fanatisme que pour réprimer des soulèvements contre l'autorité de l'État. La victoire finale du pouvoir royal, au terme du siège homérique de La Rochelle en 1628, ne s'est d'ailleurs traduite par aucune restriction de la liberté de culte. Catholique fervente, Marie de Médicis désapprouve cette politique et se sent trahie par son ancien protégé, qui ne lui obéit plus en rien...

Le dimanche 10 novembre 1630, la reine-mère finit par demander à son fils de destituer Richelieu. Le Cardinal se pense alors perdu et songe déjà à prendre la fuite, pour éviter la Bastille ou le donjon de Vincennes... Mais sur le conseil très avisé d'un ami, il décide finalement de rejoindre le roi, qui se trouve alors à Versailles, pour lui parler directement.

Aux paroles de Louis XIII, le Cardinal comprend vite que la situation n'est pas si mauvaise pour lui : « L'obstination de ma mère me fera mourir ! déclare Louis XIII. Elle veut que je chasse un ministre habile pour confier mon royaume à des ignorants, qui préfèrent leur intérêt à celui de l'État. » Et de conclure : « Je suis plus attaché à mon État qu'à ma mère. » Le Cardinal propose alors sa démission au roi, qui la refuse. Au moment de prendre congé, Louis XIII embrasse Richelieu pour sceller leur entente. Dès le lendemain, le roi ordonne l'arrestation de Michel de Marillac, garde des Sceaux et principal soutien de Marie de Médicis au Conseil, et fait dire à sa mère de rester dans ses appartements, comme un certain matin de 1617… En quelques heures seulement, toute la situation s'est

En quelques heures seulement, toute la situation s'est retournée : Richelieu est sauvé, ses ennemis arrêtés ou évincés, la reine-mère désavouée.

retournée : Richelieu est sauvé, ses ennemis arrêtés ou évincés, la reine-mère désavouée. C'est la journée des Dupes.

Désormais sans opposition au Conseil, Richelieu s'impose alors comme le principal ministre de Louis XIII. Quant à Marie de Médicis, elle est exilée à Compiègne, et s'échappera de nouveau de sa prison dorée. Mais cette fois, il n'y aura plus de réconciliation avec Louis XIII : la reine-mère mourra en exil à Cologne, sans avoir revu son fils.

Le saviez-vous ?

Le *Cycle de la Vie de Marie de Médicis*, un exercice d'autopromotion ?

Revenue en grâce en 1620, Marie de Médicis relance la construction du palais du Luxembourg. Deux ans plus tard, elle commande pour sa grande galerie un vaste cycle peint… consacré à sa propre vie. Un geste d'autopromotion pour renforcer sa légitimité alors qu'elle aspire à gouverner aux côtés de Louis XIII. Elle choisit Rubens, l'un des plus grands peintres d'Europe. Le maître flamand reçoit une commande monumentale : 24 toiles de quatre mètres de haut, soit plus de 300 m². En 1625, l'ensemble est achevé. Mêlant histoire, allégorie et mythologie, Rubens compose des scènes flamboyantes, pleines d'énergie et de couleurs nacrées. Le résultat est un chef-d'œuvre… que la reine-mère ne paiera jamais comme prévu. Mais la postérité, elle, ne l'oublie pas : le Cycle rejoint le Louvre en 1790, où il occupe aujourd'hui une salle entière. C'est l'un des rares cycles royaux entièrement consacrés à une femme. Marie de Médicis s'y montre en souveraine inspirée, guidée par les dieux. Un manifeste politique autant qu'un manifeste artistique.

Louis XIV est-il né grâce à un orage ?

Vingt-deux ans de mariage, quatre fausses couches, un couple royal à couteaux tirés, lui plus intéressé par les hommes que par les femmes, elle déjà âgée de trente-six ans... Pour Louis XIII et Anne d'Autriche, les chances de donner un héritier au royaume s'amenuisent de jour en jour ! Afin d'assurer la pérennité de la dynastie, le royaume de France aurait bien besoin d'un petit miracle, et c'est peut-être au Louvre qu'il se produit...

Un orage miraculeux !

Le 5 décembre 1637, alors que la reine séjourne au Louvre et que lui-même se trouve à Versailles, Louis XIII prévoit de rejoindre son château de Saint-Maur dans l'après-midi. Toutefois, il profite du trajet pour faire un crochet par le couvent des Visitandines de Chaillot, pour y revoir son ancienne favorite, Louise de La Fayette. La conversation avec cette dernière s'étant prolongée, le roi ne reprend la route qu'en fin d'après-midi... lorsqu'il est surpris par un violent orage. La pluie est trop forte : impossible de se rendre

À sa naissance, le futur Louis XIV sera surnommé Dieudonné, pour rappeler que cet héritier tant attendu constitue un véritable don de Dieu.

jusqu'à Saint-Maur, ou de revenir à Versailles. On choisit alors de se réfugier au Louvre, tout proche. Et comme rien n'est prévu pour l'arrivée du roi, celui-ci est alors contraint de dormir dans la chambre de la reine. Profitant de cette nuit en commun inattendue, Louis XIII et Anne d'Autriche se seraient alors livrés à l'une de leurs rares étreintes charnelles... Avec succès, puisque le futur Louis XIV – né exactement neuf mois plus tard, le 5 septembre 1638 – serait le fruit de cette union.

C'est du moins ce que prétend une tradition attestée dès le début du XVIIIe siècle, et qui se plaît à faire d'un roi « jupitérien » le fruit d'un orage... En réalité, la plupart des historiens estiment plus probable que Louis XIV ait été conçu quelques jours plus tôt, alors que le couple royal se trouvait à Saint-Germain-en-Laye. Mais l'anecdote de « l'enfant de l'orage » remporte beaucoup de succès, car elle ajoute encore au côté quasi miraculeux de la naissance de l'héritier au trône. De fait, lorsque la reine prend conscience qu'elle est enceinte, l'heureux événement à venir est perçu comme le fruit de l'intercession de la Vierge Marie. À sa naissance, le futur Louis XIV sera même surnommé Dieudonné, pour rappeler que cet héritier tant attendu constitue un véritable don de Dieu. Enfin, le royaume s'est trouvé un héritier !

Des adieux au Louvre ?

Coïncidence de l'histoire, c'est aussi un 14 mai, comme son père, que Louis XIII trouve la mort, à seulement 41 ans. Le souverain a été victime d'une maladie chronique, responsable de coliques et vomissements, et sans doute aggravée par les traitements des médecins qui lui font subir près de... 1 200 lavements

Désormais installée au Louvre, Anne d'Autriche confirme Mazarin dans ses fonctions.

en deux ans ! Louis XIII s'éteint sous les yeux de son fils, âgé de quatre ans, qui devient à cet instant le roi Louis XIV. La scène se déroule à Saint-Germain-en-Laye, mais dès le lendemain, Anne d'Autriche fait revenir toute la cour au Louvre.

Désormais régente, l'Espagnole compte bien faire sentir qu'il y a du changement. Richelieu est mort six mois plus tôt mais, selon ses volontés, il a été remplacé en tant que principal ministre par le cardinal de Mazarin, un Italien d'une intelligence stupéfiante, qu'il considérait comme son digne héritier en politique. Désormais installée au Louvre, Anne d'Autriche confirme Mazarin dans ses fonctions, mais fait casser le testament de son défunt mari, qui limitait ses pouvoirs en tant que régente. En outre, la reine fait revenir à la cour la sulfureuse duchesse de Chevreuse, qui depuis six ans s'était exilée pour échapper à une arrestation. Cependant, l'éternelle intrigante ne retrouve pas son influence sur la reine, qui forme désormais avec un Mazarin un binôme soudé, déterminé à préserver coûte que coûte l'intégrité du pouvoir royal jusqu'à la majorité du petit Louis XIV.

Constatant qu'elle a perdu prise sur Anne d'Autriche, la duchesse de Chevreuse fait ce qu'elle a toujours fait : elle conspire ! Autour du duc de Beaufort s'organise une cabale pour écarter Mazarin du pouvoir et faire la paix avec l'Espagne. Mais lorsque son alliée, la duchesse de Montbazon, est exilée, le duc de Beaufort va plus loin : il prévoit de faire assassiner Mazarin à sa sortie du Louvre ! En bon héritier de Richelieu, le cardinal évente le complot et prend les devants : le 2 septembre 1643, la reine reçoit Beaufort au Louvre, tout sourire… et le fait immédiatement arrêter ! Le duc est emprisonné au donjon de Vincennes, dont il ne devait sortir que cinq ans plus tard, tandis que les autres conspirateurs, dont la duchesse de Chevreuse, sont exilés.

Le règne de Louis XIV s'ouvre ainsi sous le signe des troubles et conspirations, et encore n'est-ce là qu'un bref échauffement… Cinq ans plus tard en effet, le royaume tombe dans la crise politique la plus grave du XVIIe siècle : la Fronde, une longue série de troubles, d'émeutes et de guerres civiles. Le Louvre n'en sera toutefois le théâtre qu'indirectement, car dès le 7 octobre 1643, le petit roi, la régente, Mazarin et toute la cour quittent le Louvre, malcommode et perpétuellement en travaux, pour s'installer dans le Palais-Cardinal qu'avait fait construire Richelieu.

Le palais d'une reine déchue ?

C'est donc au Palais-Cardinal, et non au Louvre, que se déroulent les plus fameux épisodes de la Fronde, qui devaient tant impressionner le jeune roi. C'est là qu'en 1648, on le réveille en pleine nuit de l'Épiphanie pour fuir à Saint-Germain-en-Laye et échapper à une capitale en insurrection. Là aussi qu'une nuit de février 1651, le jeune souverain doit faire semblant de dormir dans son lit, alors que les Parisiens assiègent littéralement le Palais-Cardinal et que les émeutiers exigent de voir le roi de leurs yeux... Autant de peurs et d'humiliations qui marqueront au fer rouge le jeune Louis XIV.

Au Louvre en revanche, les années de la Fronde sont calmes. Déserté par la cour, le palais est pratiquement laissé à l'abandon, alors que les travaux de la Cour Carrée sont loin d'être achevés. C'est dans ce cadre à la fois grandiose et misérable que le palais accueille l'un des destins les plus tragiques de son histoire, celui d'une reine déchue et en exil dans son propre pays... Ce destin, c'est celui d'Henriette-Marie de France. Née au Louvre, la dernière fille d'Henri IV et de Marie de Médicis a été mariée, on se le rappelle, à Charles Ier Stuart au moment même où celui-ci devenait roi. Mais depuis, l'Angleterre a été la proie d'une révolution, et le roi réduit en captivité par son propre peuple. Alors qu'elle vient de donner naissance à une dernière fille, Henriette parvient à s'enfuir in extremis à bord d'un navire, sous le feu des canons de ses poursuivants. Accompagnée de sa fille, la reine se réfugie alors en France, où Mazarin l'invite à loger au Louvre, le palais où elle est née 35 ans plus tôt...

Le palais accueille l'un des destins les plus tragiques de son histoire, celui d'Henriette de France.

Dans un Louvre à l'abandon, Henriette de France n'est pas traitée avec les égards que mérite une reine d'Angleterre, mais encore la sœur du roi défunt, et la tante du roi régnant !

Ce logement prestigieux est-il vraiment une faveur ? Non, car dans un Louvre à l'abandon, Henriette de France n'est pas traitée avec les égards que mérite non seulement une reine d'Angleterre, mais encore la sœur du roi défunt, et la tante du roi régnant ! Subissant les conséquences de l'avarice de Mazarin, la reine et sa fille manquent de tout : elles n'ont même pas de quoi allumer un feu de cheminée par les froids matins d'hiver ! Leurs malheurs ne sont toutefois pas terminés, car en février 1649, Henriette apprend que, quelques jours plus tôt à Londres, son mari a été décapité. Effondrée, elle se retire alors au couvent des Visitandines de Chaillot… où elle cherche un peu de paix dans la prière et la solitude. Le Louvre, devenu pour elle un lieu de tristesse, résonne des échos de sa grandeur passée. La reine déchue, autrefois au sommet du pouvoir, n'est plus qu'une hôte tolérée, presque oubliée. Ses appels à l'aide restent souvent sans réponse, et les humiliations s'enchaînent. Ainsi, dans l'indifférence générale, Henriette de France incarne la chute brutale de la royauté exilée.

Le saviez-vous ?

Nicolas Poussin, le Français qui n'aimait pas Paris !

L'artiste ne semble guère enchanté à l'idée de quitter le soleil romain pour aller travailler à Paris...

À la fin du règne de Louis XIII, les travaux autour de la future Cour Carrée progressent bien : le pavillon de l'Horloge est désormais achevé, tandis que la salle des Cariatides, jusqu'ici seulement charpentée, a été dotée d'une magnifique voûte de pierre. On peut alors se préoccuper de terminer une autre partie du palais : la galerie du Bord de l'Eau, construite sous Henri IV, mais dont la décoration n'a jamais été achevée. On imagine alors de créer, tout au long des 442 mètres de la galerie, un immense cycle peint consacré à la vie d'Hercule. Et pour le réaliser, le roi fait appel au Français Nicolas Poussin, considéré alors comme le plus grand peintre de toute l'Europe. D'ailleurs, est-il encore vraiment français ? Poussin est certes né aux Andelys, au pied de la forteresse de Château-Gaillard, mais il vit à Rome depuis près de vingt ans. Or, l'artiste ne semble guère enchanté à l'idée de quitter le soleil romain pour aller travailler à Paris... Qu'importe, un chantier aussi prestigieux ne se refuse pas. Dès son arrivée à Paris en 1641, le peintre se met au travail et réalise de premières esquisses, mais il n'apprécie guère l'ambiance parisienne : intrigues, jalousies, mésententes avec ses collaborateurs... tout cela n'est pas du goût de l'artiste ! Dès l'automne 1642, Poussin jette l'éponge et s'en retourne à Rome, tout en assurant qu'il poursuivra son travail à distance, ce qu'il ne fera pas, bien entendu... Pourtant, Nicolas Poussin est bien présent au Louvre aujourd'hui : principalement grâce à l'ancienne collection royale, le musée conserve près de quarante tableaux de celui que beaucoup considèrent comme le plus grand peintre de tout le XVIIe siècle.

Au Louvre, l'avènement du Roi-Soleil ?

Alors que la Fronde touche enfin à son terme, Louis XIV revient s'installer à Paris et au Louvre, délaissé depuis neuf ans. Mais le roi qui revient dans le palais de sa prime jeunesse n'est plus cet enfant qui avait subi, apeuré, les émeutes et les pérégrinations de la Fronde : désormais âgé de quatorze ans, Louis XIV est devenu un apprenti-souverain assuré, capable d'imposer son autorité aux parlementaires qui s'étaient montrés si remuants durant la Fronde. Et comme un symbole, c'est au Louvre que se déroule cette scène fondatrice pour le pouvoir absolutiste en France…

Le retour du roi !

Louis XIV revient s'installer à Paris et au Louvre.

Au cours de la Fronde, la haine envers Mazarin s'était déchaînée à un point tel que le cardinal avait dû s'exiler en Allemagne, d'où il avait continué de gouverner par correspondance, tandis qu'Anne d'Autriche s'efforçait de tenir les rênes de l'État à Paris. Par la suite, Louis XIV et la reine-mère eux-mêmes avaient été contraints de quitter la capitale, pour

Louis XIV est devenu un apprenti-souverain assuré, capable d'imposer son autorité aux parlementaires.

aller affronter en province le Grand Condé, le plus enragé des révoltés. Les aléas de la guerre avaient alors conduit les deux armées - celle du roi et celle de Condé - à s'affronter une dernière fois sous les murs de Paris, à la bataille du faubourg Saint-Antoine. Défait, Condé était parvenu à se réfugier dans la capitale, où il avait fait régner la terreur avant d'être chassé par les Parisiens eux-mêmes. Enfin, le 21 octobre 1652, Louis XIV et Anne d'Autriche font leur entrée solennelle à Paris, en grande pompe et à la tête d'une véritable armée. C'est le retour du roi.

Pour chasser les mauvais souvenirs de la Fronde, et affirmer le renouveau du pouvoir royal, quoi de mieux que de s'installer au Louvre ? Entouré de fossés, le palais des rois est bien plus sécurisant que le Palais-Cardinal, défendu par de simples grilles, ce qui avait mis le roi à la merci des émeutiers lors de la Fronde... Le jeune souverain récupère alors l'appartement qui avait été celui de son père et de son grand-père, dans le pavillon du Roi. Aujourd'hui restaurés, ces anciens appartements royaux - visibles notamment dans l'aile Lescot - permettent de mieux comprendre le fonctionnement quotidien d'un palais habité, loin de l'image figée d'un musée. On peut encore admirer la richesse décorative de certaines salles, comme la galerie d'Apollon, pensée plus tard comme une vitrine du pouvoir absolu.

Par ailleurs, à cette époque, le Louvre n'est pas un palais isolé : il est relié au palais des Tuileries, qui ferme la perspective jusqu'en 1871. Ensemble, ils forment un vaste ensemble architectural où se déploient aussi bien les fastes royaux que les rouages du pouvoir. C'est là, dans ce double palais, que le jeune Louis XIV va vivre les premières années de son règne personnel. Au Louvre, Louis XIV est accueilli par le cardinal de Retz, un ancien frondeur notoire, qui espère ainsi amadouer le roi. Mais pour Mazarin, toujours en exil pour ne pas faire enrager les Parisiens, il y a désormais une priorité absolue : reprendre le contrôle du Parlement, dont les contestations avaient fait verser le royaume dans la Fronde.

Le lendemain même de son arrivée à Paris, le jeune Louis XIV s'empresse donc de rappeler qui est le maître dans le royaume : il convoque un lit de justice, c'est-à-dire une séance solennelle du Parlement, durant laquelle le souverain préside en personne l'assemblée. Humiliation suprême pour les parlementaires, ce lit de justice est convoqué non pas à la Conciergerie où siège le Parlement, comme le veut l'usage, mais au Louvre, dans la galerie

Le jeune souverain récupère alors l'appartement qui avait été celui de son père et de son grand-père, dans le pavillon du Roi.

où Henri IV a installé les portraits des rois de France. Ce n'est donc pas le roi qui se rend au Parlement, mais le Parlement qui est convoqué chez le roi ! Magnifiquement vêtu, à la tête d'un cortège de princes, le roi s'installe sous un dais fleurdelisé. Là, il proclame l'amnistie de la plupart des frondeurs, à l'exception des meneurs les plus emblématiques. Surtout, du haut de ses quatorze ans, le roi rappelle aux parlementaires que leur rôle se borne à enregistrer les lois, non à les contester. Mieux encore, le roi défend aux parlementaires « de prendre ci-après aucune connaissance des affaires de l'État et de la direction des finances ». En clair, le Parlement n'a pas à se mêler de politique ! Ce n'est pas encore « L'État, c'est moi », mais presque. Au Louvre, la France se découvre un jeune souverain à l'autorité surprenante.

Une arrestation tout en douceur

Deux mois plus tard, c'est encore selon les directives de Mazarin que l'on procède à l'arrestation d'un ancien frondeur, le cardinal de Retz, celui qui avait si bien accueilli le roi à son retour au Louvre... Malgré les conseils de ses amis, c'est donc sans méfiance qu'il se rend au Louvre, à l'invitation du roi, au matin du 19 décembre 1652. Il est reçu aimablement, dans l'appartement de la reine, où l'on assiste à une répétition du *Ballet de la nuit*. Une fois la séance terminée, le cardinal s'apprête à sortir lorsqu'il est rejoint par Villequier, le capitaine de la compagnie des gardes du corps. Le militaire s'approche alors pour lui parler et, à voix basse, lui notifie son arrestation. Totalement pris au dépourvu, Retz n'oppose aucune résistance. Tout se déroule dans un calme remarquable, sans même un éclat de voix. Dès l'après-midi, le cardinal est au donjon de Vincennes.

Le retour du roi et d'Anne d'Autriche est donc une réussite : le calme est revenu à Paris, leurs ennemis sont écartés ou emprisonnés, et les anciens contestataires muselés. La situation est si favorable que, le 3 février 1653, c'est au tour de Mazarin de faire – enfin ! – son retour à Paris. On a rarement vu Anne d'Autriche aussi heureuse : enfin, son fidèle ministre, aux côtés duquel elle a affronté tant de dangers, est revenu. Au Louvre, le cardinal s'installe au second étage de l'aile Lescot et du pavillon du Roi. C'est dans ces mêmes espaces que l'on peut encore percevoir, grâce aux campagnes de restauration, l'empreinte de ces grands personnages d'État. Au Louvre, le cardinal s'installe au second étage de l'aile Lescot et du pavillon du Roi. C'est là qu'il s'érige véritablement en mentor pour Louis XIV : sa principale tâche est d'apprendre au souverain son métier de roi, et lui transmettre sa science en matière de politique. Des leçons ô combien profitables, comme le règne à venir va le démontrer…

Au Louvre, le cardinal s'installe au second étage de l'aile Lescot et du pavillon du Roi.

LE ROI-SOLEIL EST-IL NÉ SUR SCÈNE ?

Moins de trois semaines après le retour de Mazarin, la Couronne célèbre son triomphe : le 23 février 1653, dans la salle du Petit-Bourbon, une sorte d'annexe du Louvre, on donne le *Ballet royal de la nuit*. Comme toujours, les décors et costumes brillent par leur somptuosité, mais le plus remarquable consiste en l'intrigue de la pièce, qui est une véritable allégorie de l'histoire récente... Au lever du rideau, la Nuit s'avance sur un char tiré par des hiboux, avant que des personnages maléfiques ne profitent de l'obscurité pour se livrer à un véritable sabbat de sorciers. Puis le calme revient avec l'Aurore, qui descend de son char pour annoncer la venue d'« une lumière si vive qu'elle en est elle-même éblouie ». Arrive alors sur scène un astre éclatant, le Soleil, incarné par Louis XIV en personne, tout d'or vêtu, auquel rendent hommage les Génies interprétés par les grands seigneurs de la cour...

Arrive alors sur scène un astre éclatant, le Soleil, incarné par Louis XIV, tout d'or vêtu.

La symbolique ne saurait être plus explicite : ce qui est raconté là, c'est évidemment l'histoire de la Fronde, qui a plongé le royaume dans la nuit et le désordre, avant qu'un roi de lumière ne remporte la victoire finale sur les ténèbres et le chaos... Quel plus beau spectacle pour célébrer le triomphe du pouvoir royal ? Quant à Louis XIV, qui brillait déjà par ses talents de danseur, il semble qu'il ait pris grand plaisir à apparaître sous les traits du Soleil, puisqu'il devait rendosser ce rôle à plusieurs reprises par la suite, au point d'y gagner son fameux surnom de « Roi-Soleil ».

Le saviez-vous ?

Mazarin, le plus grand des collectionneurs ?

« Dire qu'il va falloir quitter tout cela ! » soupire Mazarin en contemplant sa fabuleuse collection. Esthète passionné, il réunit l'une des plus riches collections d'Europe : 546 tableaux, 130 sculptures, près de 200 bustes. Ses agents écument les ventes à travers le continent, affrontant la concurrence de puissants collectionneurs comme Jabach ou Philippe IV d'Espagne. Si quelques œuvres décorent ses appartements du Louvre, l'essentiel est installé dans son propre palais, aujourd'hui Bibliothèque nationale de France. Mazarin y fait aménager deux galeries superposées : une « galerie basse » pour les sculptures antiques, et une « galerie haute » pour les chefs-d'œuvre modernes. À sa mort, le roi ne récupère qu'une partie de cet ensemble, mais assez pour enrichir le Louvre de trésors absolus : le Portrait de Baldassare Castiglione de Raphaël, la Vénus du Pardo de Titien ou encore le Sommeil d'Antiope du Corrège, aujourd'hui renommé Vénus, Satyre et Cupidon. Mazarin lègue ainsi au Louvre les joyaux d'une vie entière consacrée à l'art.

Louis XIV était-il un adolescent (presque) ordinaire ?

Si la cour n'y séjourne pas en permanence, car on apprécie encore de se déplacer dans d'autres résidences, le Louvre des lendemains de la Fronde n'en résonne pas moins d'une effervescence joyeuse : alors même que le jeune Louis XIV s'éveille aux plaisirs de la vie en compagnie de demoiselles jeunes et moins jeunes, la cour se régale des pièces de théâtre données par la troupe des comédiens italiens, conduits par le célèbre Scaramouche. Mais ce dernier ne va pas tarder à être éclipsé par l'éclosion d'un véritable génie en la matière…

Pourquoi le roi a-t-il contracté une blennorragie ?

Après les épreuves des années précédentes, Anne d'Autriche et Mazarin sont soulagés de ne plus être impopulaires… ou en tout cas beaucoup moins que du temps où les Parisiens avaient mis à prix la tête du cardinal ! Appréciant toujours les séjours au Louvre, la reine fait rénover ses appartements de l'aile sud. Quant à Mazarin, il fait venir à la cour ses deux sœurs et ses nombreuses nièces, avec le but avoué de leur trouver de beaux partis à la cour de France. D'ailleurs, on célèbre bientôt les fiançailles de l'une d'elles avec le prince de Conti, un ancien frondeur repenti…

Pour le jeune roi, il n'est pas encore question de mariage. Mais alors qu'il n'a pas encore quinze ans, de nombreuses jeunes femmes gravitent déjà autour de Louis XIV, dans une bonne humeur communicative, et sans trop se soucier du protocole : Mesdemoiselles de Hautefort, de Mortemart, de La Porte, mais aussi Mademoiselle de Gourdon, dont on vante les belles jambes, et Mademoiselle de Villeroy dont on apprécie le décolleté... Étonnamment, toutefois, alors que toutes ces jeunes fleurs s'agitent autour de lui, le roi ne devait butiner qu'une vieille rose toute fanée, au nom évocateur de... « Catau la Borgnesse » !

Le jeune Louis XIV s'éveille aux plaisirs de la vie sans trop se soucier du protocole.

De son vrai nom Catherine Bellier, baronne de Beauvais, Catau la Borgnesse est la femme de chambre et confidente d'Anne d'Autriche, un privilège dont elle tire une position avantageuse à la cour – on dit qu'elle se permettait même de subtiliser les pierres du chantier du Louvre pour les utiliser à la reconstruction de son propre hôtel ! Or, alors que Louis XIV est en pleine puberté, Anne d'Autriche donne à sa fidèle Catau la mission d'initier le jeune roi aux plaisirs du lit. Malgré ses quarante ans et son œil en moins, Catherine de Beauvais s'acquitte de son rôle à merveille, et ne se prive pas de raconter les exploits du jeune roi, qui se révèle très doué en la matière ! D'ailleurs, après avoir acquis de l'expérience durant plus d'une année avec la confidente de sa mère, Louis XIV est désormais apte à butiner lui-même partout, et ne s'en prive pas : chambrières, demoiselles de compagnie, paysannes... tout y passe ! Le jeune roi aurait même fini par

contracter une blennorragie à force de laisser trop libre cours à ses plaisirs.

Le Roi, le nouveau portier du Louvre ?

En septembre 1656, le Louvre accueille l'une des plus grandes souveraines du XVIIe siècle, doublée d'une personnalité étonnante : la reine Christine de Suède. Installée dans les appartements du roi, qui se trouve alors à Compiègne, la souveraine scandinave surprend les Français avec ses grandes bottines de cavalier et sa coupe de cheveux masculine. Cette apparence androgyne s'explique par le fait que Christine n'est en réalité pas *la reine*, mais bien *le roi* de Suède ! En effet, les lois du royaume de Suède interdisant aux femmes de régner, le père de Christine a contourné l'interdiction en faisant de sa fille et seule héritière… un roi, mais un roi au féminin ! Lorsqu'elle arrive à Paris, Christine brille aussi par son intelligence et sa culture. Selon les témoins, elle « parle français comme si elle était née au Louvre », et passe tout son temps à visiter les grandes bibliothèques de Paris, à recevoir des savants ou encore à admirer la formidable collection d'œuvres d'art de Mazarin.

En septembre 1656, le Louvre accueille l'une des plus grandes souveraines du XVIIe siècle : la reine Christine de Suède.

En comparaison de Christine de Suède, Anne d'Autriche paraît bien sévère. Pourtant, elle vit l'une des périodes les plus heureuses de son existence : régente exemplaire, épaulée d'un principal ministre remarquable, elle fait tout son possible pour préparer au mieux le règne personnel de son fils. En revanche, malgré les travaux qu'elle a déjà fait mener, la reine n'est pas pleinement satisfaite de ses appartements au Louvre : orientés plein sud, ils sont beaucoup trop chauds à la belle saison. Alors, la reine charge l'architecte Louis Le Vau de lui aménager de nouveaux appartements d'été, plus frais, au rez-de-chaussée de la Petite Galerie. Pour mieux les desservir, on crée à l'extrémité nord de la Petite Galerie deux rotondes superposées, celle de l'étage étant devenue depuis la rotonde d'Apollon, l'une des plus belles pièces du Louvre.

Dans ce palais constamment en travaux, c'est une cour joyeuse et relativement décontractée qui s'agite autour du roi. Les jeunes gens, à commencer par Louis XIV lui-même, contournent volontiers le cérémonial : alors que protocole veut que le roi – qui montre déjà un formidable appétit – mange seul à table, il n'est pas rare qu'il invite ses familiers, ses cousines ou encore les nièces de Mazarin à partager son repas. En outre, lorsqu'il ne sort pas, le roi passe l'essentiel de son temps dans sa chambre de parade, et il tient à ce que son accès soit libre : tout le monde peut s'y présenter, et lorsqu'on frappe à la porte, c'est parfois le roi en personne qui se déplace pour ouvrir ! Quel contraste avec le cérémonial étouffant qui allait, à Versailles, caractériser la fin du règne du Roi-Soleil…

La naissance d'un géant !

Pour ajouter encore à la gaîté ambiante, la cour du jeune Louis XIV peut se divertir aux représentations de théâtre qu'on donne régulièrement au Louvre, ou dans la salle du Petit-Bourbon. On profite alors du talent des comédiens italiens que la cour héberge depuis la fin du règne de Louis XIII. À leur tête,

Louis XIV contourne le protocole et invite ses familiers, ses cousines ou encore les nièces de Mazarin à partager son repas.

le célèbre Tiberio Fiorilli, un acteur comique très talentueux, plus connu sous son surnom de « Scaramouche », du nom du personnage de la commedia dell'arte qu'il a créé. Ses pitreries amusent follement Louis XIV depuis sa plus tendre enfance, mais la hiérarchie ne va pas tarder à être bousculée par l'éclosion d'un nouveau talent, français cette fois...

Le 24 octobre 1658, dans une salle des Gardes convertie pour l'occasion en théâtre, se produit la troupe d'un certain Jean-Baptiste Poquelin, plus connu sous son nom de scène : Molière. À la tête d'une petite troupe itinérante qui a remporté un grand succès en province, ce fils d'un marchand tapissier

Molière, ce fils d'un marchand tapissier parisien a déjà conquis Monsieur, le frère du roi.

parisien a déjà conquis Monsieur, le frère du roi, qui a pris la troupe sous sa protection. Pour Molière, cette première représentation au Louvre est alors l'instant de vérité, car il s'apprête à jouer sous les yeux d'un impressionnant parterre de têtes couronnées : Louis XIV, Anne d'Autriche, Mazarin, Monsieur, la reine d'Angleterre déchue Henriette de France, et même le futur roi d'Angleterre Charles II, réfugié à Paris ! Autant dire que c'est toute sa carrière qui se joue à cet instant. Or, les premières impressions ne sont pas bonnes : alors que la troupe interprète la tragédie *Nicomède* de Corneille, on surprend le roi à bailler... Mais à l'issue de la pièce, au milieu d'applaudissements polis, Molière s'avance vers le roi et lui demande l'autorisation de jouer *Le Docteur amoureux*, l'un de ces petits divertissements qui ont fait la réputation de la troupe en province. Et cette fois, le succès est au rendez-vous : devant les mimiques de Molière, le roi est hilare et toute l'assistance rit aux éclats !

Dès le lendemain, Louis XIV donne l'ordre de loger la troupe de Molière au Petit-Bourbon, où elle se produira désormais quatre jours par semaine, les trois autres étant réservés à la troupe de Tiberio Fiorilli, avec lequel Molière a tôt fait de sympathiser. C'est le début d'une immense carrière.

Le saviez-vous ?

La salle du Petit-Bourbon, le Bercy du XVIIe siècle ?

Pour se divertir, la cour utilise parfois les grandes salles du Louvre, mais les aménagements nécessaires sont contraignants. On préfère alors la salle du Petit-Bourbon, située à proximité du palais, près de l'église Saint-Germain-l'Auxerrois. Construite par le duc Louis II de Bourbon, cette salle faisait partie d'un ancien hôtel princier. Capable d'accueillir jusqu'à 3 000 personnes, elle est conservée après la confiscation de l'hôtel par François Ier en 1523. Ses vastes dimensions en font un lieu idéal pour les fêtes royales, les ballets de cour ou encore les États généraux de 1614-1615. Le plus souvent, elle est transformée en théâtre pour accueillir les troupes de comédiens attachées à la cour.

La salle du Petit-Bourbon, située à proximité du palais, près de l'église Saint-Germain-l'Auxerrois.

Le Louvre verra-t-il naître une alliance entre le roi et Mazarin ?

À peine majeur, Louis XIV s'éprend d'Olympe Mancini, la plus jolie des nièces de Mazarin. Lors des fêtes au Louvre, ils dansent, rient, se rapprochent… sans aller plus loin. Olympe espère davantage, mais ses rêves s'envolent quand on la marie au comte de Soissons pour clore toute ambiguïté. Le roi, lui, a déjà changé d'élue : c'est désormais Marie Mancini, la sœur d'Olympe, qui fait battre son cœur — et cette fois, la relation semble assez sérieuse pour inquiéter Anne d'Autriche et Mazarin.

Une Italienne reine de France ?

Moins jolie que sa sœur Olympe, Marie Mancini avait su jouer de son charme et de son esprit pour séduire le roi. En outre, Louis XIV avait été touché des larmes versées par Marie lorsqu'il avait été en proie à une grave maladie. Cette fois, c'est plus qu'une simple amourette : le roi est profondément épris. Si bien qu'en janvier 1659, alors que les festivités du Carnaval battent leur plein au Louvre, le roi se laisse aller à des paroles révélatrices : apercevant Marie Mancini déguisée en bergère, Louis XIV lui lance : « Ma reine, cet habit vous sied à ravir. »

C'est Marie Mancini, la sœur d'Olympe, qui inspire des sentiments au roi.

Le mot est lâché : il est clair que le roi souhaite épouser la jeune femme, et faire d'elle une reine de France. Mazarin va-t-il l'appuyer, flatté de cet intérêt pour sa famille ? Au contraire ! En grand serviteur de l'État, le cardinal sait que pour un roi, il s'agit d'une mésalliance inacceptable et inconcevable. D'ailleurs, Anne d'Autriche a déjà un autre projet pour le roi : un mariage royal avec l'infante Marie-Thérèse d'Autriche. Les négociations avec Madrid sont déjà sur le point d'aboutir, et cette union pourrait mettre un terme à presque 25 ans de guerre ininterrompue entre l'Espagne et la France.

Qui l'aurait cru ? Le plus difficile à convaincre dans cette histoire ne sera donc pas un ennemi d'un quart de siècle, mais... le roi de France lui-même ! En effet, lorsque la rumeur d'un mariage espagnol se répand dans les murs du Louvre, elle finit par arriver aux oreilles de Louis XIV en personne. Et tandis que Mazarin s'apprête déjà à partir à Saint-Jean-de-Luz pour préparer le mariage, le jeune souverain s'oppose de toutes ses forces à ce projet : la seule qu'il compte épouser est Marie Mancini, clame-t-il. Suppliant sa mère et son ministre, Louis XIV va jusqu'à menacer le cardinal, son fidèle mentor, de le chasser ! Mais la reine et Mazarin tiennent bon et, pour faciliter les négociations, ils n'hésitent pas à écarter Marie Mancini de la cour. Le 22 juin 1659, dans la Cour Carrée, Louis XIV est contraint

de faire ses adieux à sa favorite. Témoin de la scène, Racine se serait inspiré de l'échange entre les deux amoureux pour sa tragédie *Bérénice*...

La victoire de Marie-Thérèse !

Le roi n'a pas encore capitulé : alors que Mazarin prend la route vers Saint-Jean-de-Luz, les négociations se poursuivent par correspondance. Depuis le Louvre, Louis XIV s'obstine et clame son amour pour Marie Mancini. Le cardinal lui égrène alors calmement toutes les raisons qui ont poussé à organiser ce mariage, puis tente le tout pour le tout : il menace le roi d'abandonner son service et de s'en retourner en Italie... avec ses nièces ! Cette fois, Louis XIV comprend que la partie est perdue. Au mois d'août, il prend la route de Saint-Jean-de-Luz, où doit être célébré le mariage franco-espagnol.

Lorsqu'il revient au Louvre au mois de juillet 1660, après un interminable périple qui lui a fait traverser tout son royaume, le roi est marié. Ce n'est toutefois que le 26 août que le roi et la reine font leur entrée solennelle dans Paris, qui donne lieu à des réjouissances somptueuses, notamment sur le

Le 26 août, le roi et la reine font leur entrée solennelle dans Paris, qui donne lieu à des réjouissances somptueuses.

fleuve, au pied du Louvre : à bord de magnifiques vaisseaux et barques pavoisées, on se livre à des joutes et jeux nautiques, tandis qu'on tire des feux d'artifice depuis la tour de Nesle. Au Louvre, la jeune reine Marie-Thérèse s'installe alors dans l'appartement des reines régnantes, au premier étage de l'aile sud : Anne d'Autriche doit lui céder la place, comme jadis Marie de Médicis l'avait fait pour elle...

La nouvelle reine de France ne brille pas de mille feux : timide et maladroite, elle ne parviendra jamais à parler correctement le français et consacre l'essentiel de son énergie à l'exercice de sa piété. Les premiers temps toutefois, la reine montre une certaine gaîté, en particulier lorsqu'elle a passé la nuit en compagnie de son époux... Contrairement à son père, en effet, Louis XIV s'acquitte de son devoir conjugal avec assiduité, mais il ne va pas tarder à se lasser de cette épouse bien trop effacée à son goût. Dès lors, pour égayer son quotidien, la reine devra davantage compter sur les innombrables petits chiens qui l'accompagnent depuis l'enfance, et qui l'ont suivie jusqu'à Paris : traités comme des princes, ils disposent de valets spécialement pour les promener, et profitent quotidiennement des reliefs de la table royale !

Au Louvre, la jeune reine Marie-Thérèse s'installe dans l'appartement des reines régnantes.

Les derniers vestiges du château médiéval sont alors détruits : le Louvre fait enfin ses adieux au Moyen Âge !

Mazarin, piégé dans un incendie ?

Le 11 octobre 1660, c'est une mauvaise surprise qui attend Molière : à son arrivée devant le Petit-Bourbon, il découvre stupéfait que des ouvriers sont déjà occupés à démolir la salle où il pensait jouer le soir même avec sa troupe ! Le dramaturge s'empresse d'alerter son protecteur, Monsieur, qui suggère alors au roi d'installer la troupe de Molière dans le théâtre du Palais-Royal, où se déroulera désormais l'essentiel de la carrière du dramaturge. Mais au fait, pourquoi détruit-on ainsi le Petit-Bourbon ? Tout simplement parce que les travaux pour l'expansion du Louvre ont repris. Malgré la dégradation de sa santé, en effet, Mazarin a tenu à relancer le chantier de la Cour Carrée. Les derniers vestiges du château médiéval, qui comprenaient la porterie où avait été assassiné Concini 40 ans plus tôt, sont alors détruits : le Louvre fait enfin ses adieux au Moyen Âge !

Dans la soirée du 6 février 1661, toutefois, le Louvre est victime d'une catastrophe : alors qu'on prépare dans la Petite Galerie la représentation du *Ballet de l'Impatience*, des ouvriers travaillant à la mise en place des décors négligent d'éteindre une lampe, qui met le feu à un rideau et provoque un terrible incendie : tout l'étage de la Petite Galerie, où Henri IV avait installé les portraits des rois de France, est ravagé par le sinistre. Finalement maîtrisé, l'incendie ne fait aucune victime, mais il flanque une belle frayeur à Mazarin. En effet, alors qu'il n'a pas encore 60 ans, le cardinal n'est déjà plus que l'ombre de lui-même physiquement : depuis des mois, il souffre de néphrite aiguë, d'ulcères aux jambes et sans doute d'un œdème pulmonaire. Les douleurs continuelles provoquées par ces maux jouent sur son caractère, dont l'aménité d'autrefois laisse place à l'aigreur. Surtout, le cardinal est devenu trop faible pour se déplacer lui-même : on le transporte sur une chaise, dans un fauteuil et même bientôt sur un matelas porté par quatre valets ! Et comme la montée des escaliers vers ses appartements du Louvre est devenue trop pénible, le cardinal s'est installé dans un logement plus accessible, tout proche de la Petite Galerie. C'est justement là qu'il se trouve, seul et paralysé par la maladie, lorsque l'incendie éclate... Heureusement, des valets alertés par ses cris finissent par lui porter secours.

Plus de peur que de mal pour le cardinal, qui n'en déserte pas moins le Louvre au profit du château de Vincennes, où il devait mourir un mois plus tard. Ce grand serviteur de la France n'aura pas assisté à l'achèvement de la Cour Carrée du Louvre, mais il part avec la satisfaction d'avoir parfaitement formé Louis XIV à son métier de roi.

Le saviez-vous ?

Le grand mystère des deux Vénus

Bien avant la Vénus de Milo, une autre statue incarnait l'idéal de beauté féminine : la Vénus d'Arles. Découverte en 1651 dans le théâtre antique de la ville, elle provoque une vive émotion — jamais une telle statue antique n'avait été exhumée en France. Offerte à Louis XIV, elle arrive à Paris en plusieurs morceaux, sans bras ni nez. Le sculpteur Girardon la restaure avec talent... et imagination. Le résultat séduit tant le roi qu'il la déclare « la plus belle femme de [son] royaume ».

Exposée au Louvre dès 1793, elle est longtemps considérée comme l'une des plus belles statues féminines. L'arrivée de la Vénus de Milo en 1821 change la donne : moins restaurée, elle finit par séduire davantage. Mais pourquoi choisir ? Aujourd'hui, les deux chefs-d'œuvre se font face au Louvre, plus complémentaires que rivales.

La Vénus d'Arles, découverte en 1651 dans le théâtre antique de la ville, est offerte à Louis XIV.

Pourquoi Colbert a-t-il tenu tête au roi ?

Des Italiens au Louvre ? Cela n'a pas de quoi surprendre, tant ils se sont succédé entre les murs du palais au cours du siècle écoulé, depuis Catherine de Médicis jusqu'à Scaramouche, en passant par Mazarin et ses nièces, sans oublier Marie de Médicis et les Concini... L'histoire du Louvre leur doit beaucoup, mais de là à faire du palais des rois de France un palais à l'italienne, il y a un pas ! Pourtant, c'est bien le projet que semble caresser Colbert dans les années 1660. Il faut dire que le surintendant des finances se livre alors à un véritable bras de fer avec le roi : alors que Louis XIV ne cesse de vouloir agrandir Versailles, Colbert l'incite au contraire à se concentrer sur l'achèvement du Louvre, et c'est précisément pour cette raison que l'on fait appel à des architectes italiens...

Le roi, un Hercule amoureux !

Le lendemain même de la mort de Mazarin, à sept heures du matin, Louis XIV réunit son Conseil au Louvre et déclare à ses ministres qu'il gouvernera dorénavant par lui-même : il n'y aura plus de principal ministre, comme c'était le cas depuis Richelieu. Anne d'Autriche elle-même est écartée du pouvoir, d'ailleurs avec toute la déférence due à ses mérites. Désormais, le roi est le seul et unique dirigeant de son royaume. Au Louvre, il préside lui-même chaque séance du Conseil, qui se réunit tous

Installé en bout de table, Louis XIV préside les débats et prend toutes les décisions.

les matins de la semaine, par roulement : conseil d'État le dimanche, conseil des dépêches le lundi, conseil des finances le mardi, etc. Installé en bout de table, chapeau sur la tête, Louis XIV préside les débats et prend toutes les décisions. Au mieux, lorsqu'il souhaite laisser à un ministre le plus de latitude possible, le roi lui dit : « Je vous ordonne de faire tout ce que vous voudrez » ! C'est alors dans les murs du Louvre que s'écrit l'histoire naissante de l'absolutisme louis-quatorzien.

Lorsqu'il n'est pas aux affaires, l'esprit du roi – ou plutôt son cœur – est agréablement occupé. Non par la reine, bien sûr, qui ne lui inspire guère de sentiment, mais par la jeune princesse Henriette d'Angleterre, qui n'est autre que... sa belle-sœur ! Pour éviter tout scandale, Louis XIV se cherche alors un paravent : une jeune femme avec laquelle il s'affichera ouvertement, afin de mieux dissimuler son idylle avec Henriette. On choisit alors l'une des demoiselles d'honneur de cette dernière, Louise de La Vallière. Une jeune femme discrète et candide, mais douce et pleine d'un charme timide... En sa compagnie, le roi ne tarde pas à oublier Henriette !

Mademoiselle de La Vallière devient alors le premier grand amour « adulte » du roi, et c'est en partie au Louvre que s'écrit leur histoire : le 7 février 1662, la cour assiste à l'opéra *Hercule amoureux*, que Mazarin avait commandé à l'Italien Francesco Cavalli à l'occasion du mariage du roi, mais qui prend désormais une tout autre résonance... Cependant, chose rare à la cour, la nouvelle favorite royale a des remords : poursuivie par sa conscience chrétienne, Louise de La Vallière culpabilise de l'adultère du roi et songe à entrer en religion, ce qui ne manque pas de provoquer des disputes dans le couple. L'une d'elles touche la favorite à un point tel qu'elle se réfugie au couvent des Visitandines de Chaillot. Mais à l'instant où il apprend sa fuite, le roi enfourche le premier cheval venu et part à la poursuite de Louise ! Après réconciliation, les deux amoureux regagnent le Louvre, où leur idylle va se poursuivre durant quelques années encore...

Versailles ou le Louvre ?

Quelques mois plus tôt, au cours de l'été 1661, les somptueuses fêtes données à Vaux-le-Vicomte par le surintendant Fouquet ont entraîné une double prise de conscience chez le roi. Humilié qu'un serviteur de l'État puisse afficher une telle richesse, le roi se convainc d'une part que Fouquet ne peut avoir acquis une pareille fortune honnêtement, et d'autre part que le vieux palais du Louvre n'est plus digne du Roi-Soleil. Il en tire donc les conséquences en procédant à l'arrestation de Fouquet, dont la disgrâce favorise l'ascension de Colbert, mais aussi en lançant de premiers travaux d'envergure à Versailles, qui n'est alors qu'une petite résidence de chasse. À ce moment, le roi n'a pas encore l'idée d'en faire le plus grand palais d'Europe, mais cela ne va guère durer : à partir de 1664, il est clair que Louis XIV met tout en œuvre pour faire de Versailles le reflet de sa propre splendeur.

Louis XIV s'inspire de la galerie d'Apollon pour créer la fameuse galerie des Glaces de Versailles.

Les coûteux travaux consentis par le roi à Versailles, dans un lieu sans consistance historique, ne plaisent pas à tout le monde. À commencer par Colbert, qui ne se prive pas de le faire savoir à Louis XIV dans sa correspondance : « Pendant le temps qu'elle a dépensé de si grandes sommes en cette maison [de Versailles], votre Majesté a négligé le Louvre, qui est assurément le plus superbe palais qu'il y ait au monde et le plus digne de sa grandeur. [...] Ô, quelle pitié que le plus grand roi et le plus vertueux, de la véritable vertu qui fait les plus grands princes, fût mesuré à l'aune de Versailles ! » Le projet de Colbert ? Poursuivre l'œuvre de Mazarin et achever le Louvre, pour en faire enfin le palais somptueux – et tout à la gloire du roi – qu'il mérite de devenir depuis si longtemps. D'ailleurs, il y a urgence : il faut reconstruire l'étage de la Petite Galerie, emporté par l'incendie de 1661. Pour remplacer la galerie des portraits des rois, l'architecte Louis Le Vau crée alors l'une des plus belles salles de toute l'Europe : une galerie au décor somptueux, couverte de boiseries sculptées, de stucs, d'ors et de grands décors peints signés Le Brun. C'est la naissance de la galerie d'Apollon. Ironie de l'histoire, c'est précisément de ce chef-d'œuvre que devait s'inspirer Louis XIV pour créer la fameuse galerie des Glaces de Versailles... ce qui n'était sûrement pas dans les intentions de Colbert !

Le mystère de la Cour Carrée

Au Louvre, l'autre priorité de Colbert se trouve dans l'achèvement de l'immense Cour Carrée, dont la construction n'a guère avancé depuis Louis XIII. Mazarin est certes parvenu à débar-

C'est pour dégager l'espace au-devant de cette future façade qu'on a procédé à la destruction du Petit-Bourbon.

rasser le Louvre des derniers vestiges du château médiéval, mais la nouvelle aile orientale du palais n'est pas encore sortie de terre. Or, cette aile située face à l'église Saint-Germain-l'Auxerrois doit devenir la façade d'honneur du Louvre, celle par laquelle s'effectueront les entrées solennelles, celle qui se devra d'impressionner tout le monde, et enfin celle où l'on souhaite aménager les nouveaux appartements du roi. C'est d'ailleurs pour dégager l'espace au-devant de cette future façade qu'on a procédé à la destruction du Petit-Bourbon. La façade orientale de la Cour Carrée est donc au centre de toutes les attentions, et pourtant… tout le monde ignore à quoi elle va ressembler !

Louis Le Vau élabore bien un premier projet de façade, mais alors que la construction débute tout juste, l'architecte perd la confiance de Colbert, qui estime sa gestion financière douteuse. Le 1er janvier 1664, le chantier est interrompu, pour laisser le temps au surintendant des finances de consulter d'autres experts. Naturellement, ces derniers ne se privent pas pour critiquer le projet de leur confrère Le Vau – c'est de bonne guerre ! – mais ils ne proposent guère d'alternative probante. Même le brillant François Mansart, hésitant entre plusieurs projets, ne parvient pas à emporter la décision. Alors, Colbert fait le choix de se tourner vers des architectes italiens : il consulte alors entre autres Pierre de Cortone et Carlo Rainaldi, mais ceux-ci ne lui envoient que des projets extravagants, sans lien avec la réalité du Louvre. Finalement, Colbert décide de faire appel à celui que toute l'Europe considère comme le premier architecte, peintre et sculpteur de son temps : Lorenzo Bernini, dit Le Bernin. Un véritable Michel-Ange du XVIIe siècle, dont le séjour à Paris va s'avérer mémorable...

Le saviez-vous ?

Paris est une fête, une dernière fois !

Les 5 et 6 juin 1662, Louis XIV célèbre la naissance du Dauphin par le Grand Carrousel, dernière grande fête royale donnée à Paris. Dans la cour des Tuileries, 15 000 spectateurs assistent à un spectacle grandiose : costumes somptueux, milliers de participants et épreuves d'adresse à cheval, inspirées des tournois médiévaux. Le roi dirige l'équipe des Romains, vêtu d'un costume d'argent et d'or constellé de diamants. Quatre autres « quadrilles » s'affrontent : les Persans de Philippe d'Orléans, les Turcs du prince de Condé, les Indiens du duc d'Enghien et les Américains du duc de Guise, aux costumes plus exotiques encore. L'épreuve n'est pas truquée : le roi perd face au marquis de Bellefonds, qui reçoit un diamant de 25000 écus. Mais l'objectif est ailleurs : dix ans après la Fronde, Louis XIV cherche surtout à éblouir et contrôler la noblesse — une stratégie qui trouvera son apogée à Versailles.

Louis XIV célèbre la naissance du Dauphin par le Grand Carrousel, dernière grande fête royale donnée à Paris.

Les chefs-d'oeuvre royaux à la vue du peuple ?

En plein siècle des Lumières, alors que les œuvres de la collection royale végètent au Louvre et à Versailles, de plus en plus de voix s'élèvent : pourquoi ne pas exposer au public ces chefs-d'œuvre ? Louis XV ne tarde pas à accepter cette idée généreuse, et novatrice pour l'époque. Et si ce n'est pas au Louvre, mais au palais du Luxembourg – que l'on crée ce tout premier musée royal, l'idée de transformer à son tour l'ancien palais des rois en espace d'exposition est déjà en germe…

On réclame la collection royale !

Quelques mois seulement avant sa mort, Louis XIV avait encore reçu un dernier chef-d'œuvre, particulièrement original : le fameux tableau double face *David vainqueur de Goliath* peint sur les deux versants d'un panneau d'ardoise par Daniele da Volterra. Offerte par le futur cardinal Niccolò del Giudice, cette œuvre était venue s'ajouter à une collection de peintures comptant déjà près de 2 000 tableaux, parmi lesquels un bon nombre d'œuvres d'exception qui forment aujourd'hui encore le cœur des collections du Louvre. En bon monarque absolu, le Roi-Soleil avait compris que les collections artistiques étaient une source de prestige supplémentaire pour un souverain.

Louis XV autorise la présentation d'une sélection de 110 tableaux de la collection royale, au palais du Luxembourg à Paris.

C'est pourquoi il ne se contentait pas de conserver ses tableaux dans un coin : à Versailles, il avait installé dans l'ancien appartement de la marquise de Montespan une partie de ses chefs-d'œuvre, parmi lesquels se trouvait la Joconde, tandis que le reste de sa collection était conservé dans la galerie d'Apollon du Louvre.

Malheureusement, Louis XV ne partage pas le même intérêt pour la peinture : sous son règne, les tableaux de Versailles sont relégués aux réserves, ceux du Louvre délaissés, tandis qu'on ne s'efforce plus d'enrichir la collection. Mais alors que sous l'effet des Lumières, l'intérêt pour l'art se développe dans la société, le public – ou du moins une élite lettrée – réclame l'exposition de ces chefs-d'œuvre qui s'entassent dans les réserves royales. On souhaite non seulement pouvoir les admirer, mais aussi que les jeunes peintres puissent parfaire leur formation en copiant les grands maîtres. C'est pourquoi, en 1750, cédant à la demande générale, Louis XV autorise la présentation d'une sélection de 110 tableaux de la collection royale, au palais du Luxembourg à Paris. Cette exposition à caractère permanent est ouverte au public tous les mercredis et samedis : s'il ne porte pas encore le nom de « musée », c'est la toute première fois qu'un établissement de ce type ouvre ses portes en France !

Le Louvre, enfin achevé ?

Si le palais du Luxembourg a été retenu pour l'exposition de la collection royale, Louis XV n'en oublie pas le Louvre pour autant : il songe à y installer la bibliothèque royale. Le projet n'aboutira pas, mais il confirme la perception de l'ancien palais royal comme un grand centre de culture. De fait, le Louvre accueille toujours en ses murs les académies, à commencer par l'Académie française dont les fauteuils, signe des temps, s'ouvrent peu à peu aux philosophes et savants des Lumières : Montesquieu, Voltaire, Buffon, d'Alembert... En outre, l'aile de la Grande Galerie abrite toujours les ateliers et les logements des meilleurs artistes du temps, parmi lesquels les peintres Boucher, Coypel ou Fragonard, mais aussi les sculpteurs Bouchardon et Pigalle. Le Louvre n'est donc pas encore un musée, mais il n'en héberge pas moins une incroyable concentration d'artistes. En outre, avec le Salon qui s'y tient tous les deux ans, le palais accueille la plus grande manifestation artistique de l'époque. Peu à peu, les gens s'habituent à venir au Louvre pour y voir des œuvres d'art...

À la même époque, le marquis de Marigny, directeur général des Bâtiments du roi, estime justement qu'il est grand temps de s'occuper du Louvre, qui se détériore sans cesse depuis presque un siècle. Le plus consternant est sans nul doute l'état de la Cour Carrée, dont deux ailes de bâtiments sont encore inachevées : les toitures n'ont jamais été posées, de sorte que les maçonneries prennent la pluie depuis trois quarts de siècle... Pire encore

Si rien n'est fait, la façade censée incarner la grandeur royale à Paris va finir par s'effondrer !

peut-être, la magnifique Colonnade elle-même est désormais menacée par les désordres structurels : si rien n'est fait, la façade censée incarner la grandeur royale à Paris va finir par s'effondrer ! À partir de 1755, les meilleurs architectes de l'époque, Gabriel et Soufflot, sont chargés de restaurer la Colonnade et d'achever enfin les ailes de la Cour Carrée. Quant au « village » qui encombre la cour depuis des décennies, il est quasiment rayé de la carte. Débarrassé de cette verrue, le Louvre a déjà plus fière allure, mais il reste encore beaucoup à faire.

Un musée, mais où ?

L'exposition d'une petite partie de la collection royale au Luxembourg s'avère rapidement insuffisante : nombreux sont ceux qui réclament la création d'un véritable « muséum », c'est-à-dire littéralement une sorte de temple des Muses, dédié à tous les arts. Et pour cela, quel lieu pourrait être mieux choisi que le Louvre, qui abrite déjà les meilleurs artistes du royaume ? Le projet séduit le marquis de Marigny, mais il se heurte à un obstacle : dans ce palais délabré et morcelé, où pourrait-on installer un musée ? Expulser les académies et les multiples occupants des ailes de la Cour Carrée semble impossible. Le seul espace assez vaste pour accueillir les œuvres de la collection royale serait donc la Grande Galerie, mais elle est encombrée par les immenses plans-reliefs des villes fortifiées du royaume. Il faudrait les évacuer ailleurs, et ainsi pourrait-on exposer les collections royales à la fois dans le Salon Carré et la Grande Galerie, qui formeraient un premier musée. Défini par Marigny, ce projet est approuvé par Louis XV en 1768, mais il n'aboutit pas, car on ne parvient pas à se débarrasser des plans-reliefs, extrêmement volumineux et difficilement transportables. Il n'en reste pas moins que l'idée de convertir le Louvre en un musée constitue bien, à l'origine, un projet royal – ce que les républicains tenteront de faire oublier par la suite...

En 1777, on trouve finalement une solution pour les plans-reliefs, qui sont alors déménagés dans les combles de l'hôtel des Invalides – où ils se trouvent encore aujourd'hui. Enfin, la Grande Galerie est libre ! Le projet de musée peut désormais avancer sérieusement. Nouveau surintendant des Bâtiments, le comte d'Angiviller crée alors une commission pour la gestion de la collection royale et du futur musée. Le peintre Hubert Robert est désigné « garde des tableaux du roi », ce qui fait de lui le tout premier conservateur du musée du Louvre, même si celui-ci n'a pas encore ouvert ses portes... Sous l'égide d'Angiviller et d'Hubert Robert, la collection royale est alors considérablement enrichie : on parvient ainsi à acquérir les superbes décors de la chambre des Muses de l'hôtel Lambert, peints par Eustache Le Sueur, mais aussi le célèbre *Portrait de Charles Ier* de Van Dyck, acheté à Madame du Barry, ou encore les magnifiques *Pèlerins d'Emmaüs* de Rembrandt. Au total, ce sont près de 250 nouveaux tableaux qui rejoignent la collection royale, en vue de la création du musée. Enfin, après avoir été exposés au palais du Luxembourg durant presque trente ans, les chefs-d'œuvre de la collection royale sont envoyés au Louvre, où ils sont stockés en attendant que projet de musée aboutisse.

Le nouveau surintendant des Bâtiments, le comte d'Angiviller crée une commission pour la gestion du futur musée.

Car pour transformer la Grande Galerie en salle d'exposition, d'importants travaux préalables sont nécessaires : il faut d'abord renforcer les planchers, de façon qu'ils puissent supporter le poids des sculptures qu'on souhaite y installer. Surtout, il s'agit de résoudre la question de l'éclairage, car les grandes fenêtres de la galerie créent des contre-jours et des contrastes qui ne peuvent que nuire à l'observation des œuvres. Pour y remédier, on imagine déjà de créer un éclairage zénithal, si prisé aujourd'hui dans tous les musées du monde, mais pour le moment, on ne dispose pas des moyens techniques nécessaires pour le réaliser...

Le saviez-vous ?

Chardin, bon marché ou hors de prix ?

Avec 42 tableaux, le Louvre détient la plus riche collection au monde de Jean Siméon Chardin, maître de la nature morte. En 2022, l'annonce de la mise en vente du *Panier de fraises*, alors en mains privées, crée l'événement. Estimée entre 12 et 15 millions d'euros, l'œuvre atteint finalement 24,3 millions lors des enchères : un prix hors de portée pour le musée. Le Louvre fait alors classer le tableau « trésor national », bloquant son exportation. Il a trente mois pour réunir la somme. Le 29 février 2024, pari réussi grâce au mécénat public et privé : l'œuvre est sauvée. C'est l'acquisition la plus chère du musée pour un petit format. Un contraste saisissant avec un autre Chardin acquis deux siècles plus tôt... pour 15 francs seulement. Chardin, ou l'art des extrêmes au Louvre.

Le Louvre, musée né de la Révolution ?

Au Salon de 1781, on assiste à la naissance d'un géant : le jeune peintre Jacques-Louis David présente son Bélisaire demandant l'aumône, *considéré comme l'un des premiers grands chefs-d'œuvre de la peinture néoclassique en France. Porté aux nues, David y gagne le privilège d'obtenir un atelier au Louvre, qui plus est idéalement situé dans le pavillon nord de l'aile de la Colonnade. Depuis son atelier, le peintre va alors observer la France passer de la monarchie à la République, puis de la République à l'Empire. De cette période charnière de l'Histoire, le Louvre va être plus que le témoin privilégié : il en sera le théâtre, alors même qu'il se transforme enfin en musée…*

David, nouveau Brutus ?

Au cours des années 1780, le comte d'Angiviller redouble d'efforts en vue de l'ouverture du musée. De façon significative d'ailleurs, Hubert Robert n'est plus désigné comme « garde des tableaux du roi », mais comme « garde du muséum » : s'il n'est pas encore en mesure d'ouvrir ses portes au public, le musée existe

Au Salon de 1785, Jacques-Louis David triomphe avec son Serment des Horaces.

C'est la toute première fois qu'un éclairage zénithal est mis en place dans un cadre muséologique.

donc déjà, alors même qu'au Salon de 1785, David triomphe une fois encore avec son *Serment des Horaces*, salué par certains comme « le plus grand tableau du siècle ». Mais au cours des années suivantes, le climat évolue sensiblement. Au Salon de 1787, les esprits s'agitent d'une façon inhabituelle : entre conservateurs et progressistes, on est à couteaux tirés.

Lorsque le Salon de 1789 ouvre ses portes, en septembre, la France a déjà basculé dans la Révolution : les mois précédents ont été ceux du serment du Jeu de paume, de la prise de la Bastille, de l'abolition des privilèges. Quelques jours avant l'ouverture du Salon, enfin, la Déclaration des droits de l'homme et du citoyen a été proclamée. Impopulaire en raison de son zèle monarchiste, d'Angiviller a déjà fui en Espagne à la demande du roi, pour se faire oublier. Un sentiment de révolte gronde au sein même du Salon, où l'on n'hésite plus à contester le principe même des académies royales – qui organisent pourtant la manifestation. Comme un symbole, David expose alors *Les licteurs rapportent à Brutus les corps de ses fils*, au sujet évocateur : ses enfants ayant comploté contre la République romaine pour rétablir la royauté,

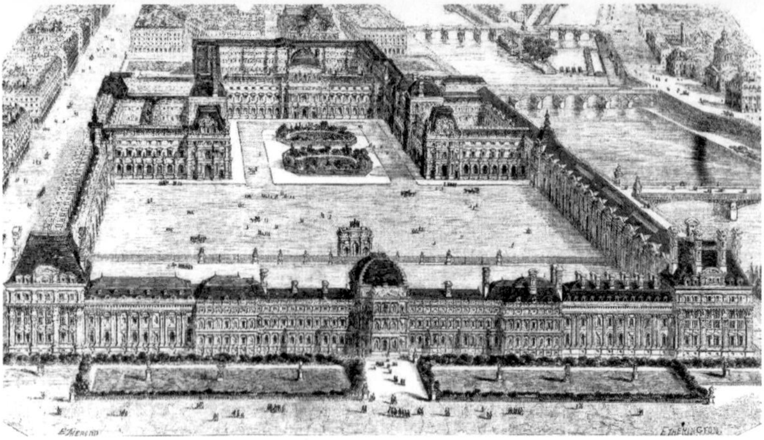

Ce double palais devient ainsi le cœur névralgique d'un pouvoir vacillant, mais aussi le berceau d'un musée en devenir.

Brutus lui-même a décidé de leur exécution. À cette époque, il ne faut pas oublier que le Louvre et les Tuileries forment un seul et même ensemble monumental, reliés par la grande galerie. Ce double palais devient ainsi le cœur névralgique d'un pouvoir vacillant, mais aussi le berceau d'un musée en devenir.

Cependant, si le Salon de 1789 est révolutionnaire, c'est avant tout par l'aspect du Salon Carré : au sommet de la voûte, on a installé un lanterneau faisant office de puits de lumière, tandis que les fenêtres ont été aveuglées. C'est la toute première fois qu'un éclairage zénithal est mis en place dans un cadre muséologique. Le début d'un immense succès.

Louis XVI, otage au palais des Tuileries ?

Le Salon n'est pas encore terminé lorsque, le 6 octobre 1789, le peuple de Paris ramène de Versailles « le boulanger, la boulangère et le petit mitron ». Ce retour n'a rien de celui, triomphal, de Louis XIV à l'issue de la Fronde, ou de celui, joyeux, de Louis XV au début de son règne. Cette fois, c'est quasiment en otages de leur peuple que Louis XVI et la famille royale doivent s'installer au palais des Tuileries. Une partie de la cour s'installe alors au Louvre... où elle côtoie ainsi toute une foule de locataires déjà acquise aux idées de la Révolution ! Dans l'ancien palais, les places deviennent donc encore plus chères : on s'entasse littéralement, et comme chacun s'efforce de faire son nid, c'est bientôt une ville entière qui se construit à l'intérieur d'un palais devenu labyrinthique !

Le Louvre devient alors le lieu de tous les contrastes car, aux deux extrémités du palais, ce sont deux mondes opposés qui s'affrontent... Aux Tuileries, la monarchie vit ses derniers jours, tandis que dans l'aile de la Colonnade, l'atelier de David attire les défenseurs des idées nouvelles : membre du club des Jacobins, l'artiste embrasse à bras-le-corps la cause révolutionnaire, et réunit autour de lui tous les opposants au principe des académies.

Le Louvre devient alors le lieu de tous les contrastes car, aux deux extrémités du palais, ce sont deux mondes opposés qui s'affrontent...

Le pouvoir royal, lui, fait comme si de rien n'était : rappelé par Louis XVI en 1790, d'Angiviller fait apporter au Louvre le gigantesque *Cycle de la Vie de Marie de Médicis*, peint par Rubens pour le palais du Luxembourg. Au même moment, comme un contrepoint parfait, David travaille déjà dans son atelier à la réalisation d'une immense peinture représentant le Serment du Jeu de paume. Déjà, les grands artistes célèbrent la Révolution et forgent sa propre mythologie...

Le Louvre, musée ou guillotine ?

Durant l'automne 1790, l'Assemblée nationale constituante vote la création d'une Commission des monuments, où siègent notamment Hubert Robert et David. Ce nouvel organisme a pour but de sauvegarder les œuvres les plus remarquables parmi les biens confisqués par la Nation aux émigrés ou par l'Église,

afin qu'ils échappent aux ventes publiques ou à la destruction. Le futur musée du Louvre y gagne notamment les célèbres *Esclaves* de Michel-Ange, issus de la collection du maréchal de Richelieu, mais aussi la *Vierge du chancelier Rolin* de Jan van Eyck, chef-d'œuvre absolu de la peinture du XVe siècle, prélevé dans une église d'Autun. En mars 1791, on franchit une nouvelle étape : le roi lui-même abandonne à la Nation ses châteaux, ses joyaux, ses tableaux, sculptures et objets d'arts en tous genres. Dès lors, il n'y a plus de collections royales, mais des collections nationales, ce qui ne change finalement pas grand-chose à la destinée du Louvre, où le projet de l'ouverture du muséum suit son cours. À ce moment, d'Angiviller a déjà émigré en Allemagne : il ne verra jamais le musée dont il a conduit la création presque jusqu'au bout.

Le 20 juin, à son tour, la famille royale s'enfuit des Tuileries pour tenter de gagner l'étranger. Rattrapés près de Varennes, Louis XVI et Marie-Antoinette sont désormais prisonniers de leur peuple. À l'automne, le Salon de 1791 devait être le dernier de l'ère monarchique. Et comme un vent de liberté souffle sur les arts, on accepte d'exposer un record de presque 800 œuvres, réalisées par 258 artistes différents, de sorte que l'exposition déborde dans la Grande Galerie. Malgré un contexte délétère, la manifestation obtient un succès retentissant.

Un an plus tard, lors de la sanglante journée du 10 août 1792, ce n'est pas au Louvre que se rue la foule des Parisiens, mais aux Tuileries : ralliés par la garde nationale, les insurgés envahissent le palais, où les terribles combats contre les gardes suisses font plusieurs centaines de morts. Les Tuileries sont alors livrées au

Alors que la France bascule dans la première Terreur, on installe la guillotine sur la place du Carrousel.

Le 10 août 1792, ce n'est pas au Louvre que se rue la foule des Parisiens, mais aux Tuileries.

pillage, lequel, heureusement, ne s'étend pas au Louvre. Réfugiée à l'Assemblée nationale, la famille royale ne tarde pas à être transférée dans la sinistre prison de la tour du Temple. Dix jours plus tard, alors que la France bascule dans la première Terreur, on installe la guillotine sur la place du Carrousel – à deux pas de la future entrée du musée –, où elle devait rester jusqu'au printemps suivant. Le 21 janvier 1793 toutefois, l'instrument de mort est exceptionnellement déplacé sur la place de la Révolution – future place de la Concorde – pour procéder à l'exécution de Louis XVI. Désormais député à la Convention, le peintre David fait partie de ceux qui ont voté la mort du roi. Son geste provoque d'ailleurs l'éclatement de sa famille, car l'épouse du peintre demande alors le divorce et le quitte avec ses deux filles. Pendant ce temps, au milieu des turpitudes, de la violence et de l'Histoire en marche, et à deux pas d'une guillotine déjà rougie par le sang, le Louvre doit toujours achever sa conversion en musée…

Le saviez-vous ?

Le plus célèbre tableau… qui n'existe pas !

En France, *Le Serment du Jeu de paume* de David est assurément l'un des plus célèbres tableaux qui soient : nous l'avons tous croisé à plusieurs reprises au cours de notre scolarité, c'est pourquoi il nous semble familier. Et pourtant, ce tableau si renommé et si connu… n'existe pas ! Les images qui figurent dans les manuels d'histoire ne sont en effet que des esquisses, des dessins préparatoires ou des études, car le tableau dans sa version définitive n'a jamais vu le jour. En 1790 pourtant, lorsque David se propose d'immortaliser par une peinture de très grand format l'un des événements fondateurs de la Révolution française, il suscite l'enthousiasme. Le club des Jacobins lance même une souscription populaire pour réunir le budget alloué à la réalisation du tableau. David imagine alors une composition grandiose : la foule des députés du peuple s'agite autour du député Bailly, qui récite le texte du serment monté sur une table, tandis qu'à l'arrière-plan, un vent nouveau – celui de la Révolution ? – agite les rideaux aux fenêtres… Au Salon de 1791, David expose dans son atelier un dessin préparatoire de quatre mètres par six, très prometteur. Pourtant, l'avenir du tableau est déjà incertain, car la souscription publique pour financer le projet s'est soldée par un échec cuisant. En outre, trois ans après les événements, la belle entente des révolutionnaires de 1789 n'est plus qu'un souvenir : certains des personnages principaux du tableau passent désormais pour des traîtres à la solde de la Couronne… Plus question, donc, de les glorifier ! Impuissant contre ce revirement de l'Histoire, David ne peut qu'abandonner la réalisation de ce qui aurait pu devenir son plus grand chef-d'œuvre, et dont le Louvre ne conserve aujourd'hui qu'une étude à la plume.

Un attentat est-il à l'origine du Grand Louvre ?

Dans sa chambre du palais des Tuileries, où il s'installe le 19 février 1800, Napoléon Bonaparte a le plaisir d'admirer la Joconde, soustraite momentanément du Louvre pour l'agrément du Premier consul. En revanche, la vue qui s'offre depuis les fenêtres n'est guère digne de la résidence d'un futur empereur : du côté du Louvre s'étend un quartier fait de rues étroites, encombré de maisons anciennes et délabrées, qui viennent presque toucher à l'aile de la Grande Galerie. Pour couronner le tout, le quartier est mal famé : prostituées et délinquants en ont fait leur terrain de jeu. Un certain soir de Noël, les environs du Louvre sont même le théâtre d'un attentat qui, s'il avait réussi, aurait pu changer radicalement le cours de l'histoire de France…

Attentat raté, opération d'urbanisme réussie ?

Le soir du 24 décembre 1800, trois conjurés royalistes amènent à proximité du Louvre une charrette chargée d'un grand tonneau rempli de poudre et de mitraille, duquel dépasse une mèche… On l'aura compris, il s'agit d'une énorme bombe ! Une bombe roulante que l'on gare soigneusement au coin de

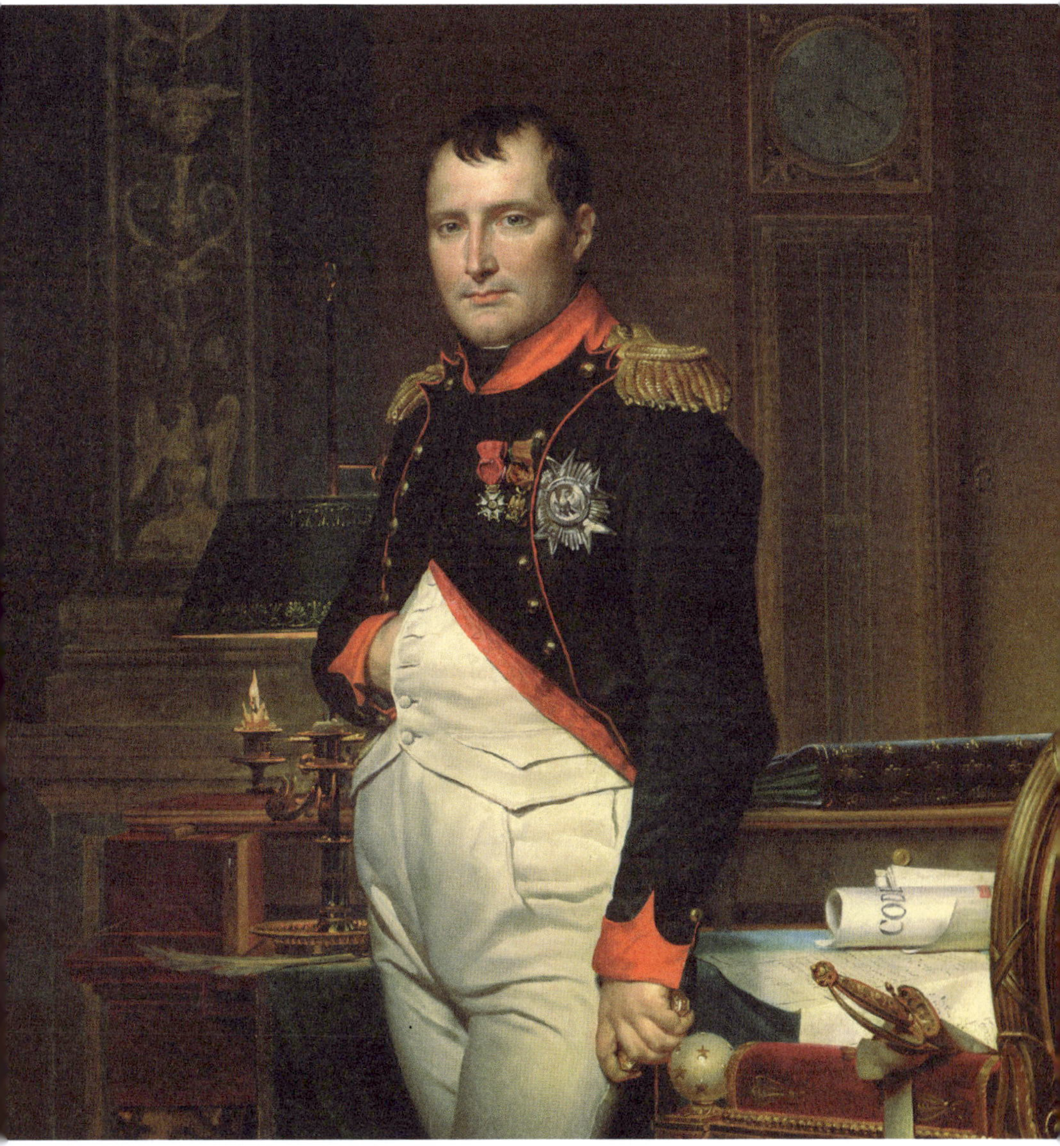

Dans sa chambre du palais des Tuileries, Napoléon Bonaparte a le plaisir d'admirer La Joconde.

la rue Saint-Nicaise, en attendant le moment fatidique. Dans la soirée en effet, il est prévu que Napoléon Bonaparte quitte les Tuileries pour se rendre à l'Opéra. Les terroristes comptent déclencher leur engin de mort afin qu'il explose au moment où le carrosse passera à côté. Détail ignoble : pour tenir la bride du cheval attelé à la charrette jusqu'au moment de l'explosion, les conjurés engagent pour quelques sous une fillette pauvre du quartier, qu'ils condamnent ainsi à une mort certaine...

Alors qu'on attendait sa sortie bien plus tôt, le carrosse du Premier consul sort enfin des Tuileries, accompagné d'une escorte de cavaliers. Mais alors qu'un des conjurés attend le signal convenu pour enflammer la mèche, celui-ci n'arrive pas. Et lorsqu'il se décide enfin, il est trop tard : le temps que la mèche se consume, le cortège est déjà passé. Quelques instants plus tard retentit une explosion d'une puissance terrifiante, qui fait voler en éclats toutes les vitres du quartier. Le bilan de cet attentat raté ? Vingt-deux morts innocents, dont la malheureuse fillette qui tenait la bride, cinquante-six blessés, et d'énormes dégâts matériels dans tout le quartier.

L'attentat de la rue Saint-Nicaise n'aura eu qu'un seul bon côté : les maisons aux alentours de l'explosion sont si endommagées que l'on procède à leur destruction, ce qui donne le coup d'envoi à une grande opération d'urbanisme, dont on rêvait depuis longtemps : par décrets, on procède à la destruction d'une partie du quartier du Carrousel, tandis qu'une avenue est alors percée dans l'axe entre le pavillon central des Tuileries et le pavillon de l'Horloge du Louvre : c'est la future rue Impériale. L'environnement du Louvre devient ainsi un peu plus digne d'un ancien palais.

Dehors les artistes, bienvenue les touristes !

Le 14 juillet 1801, après une nouvelle fermeture temporaire, le Muséum central des arts ouvre de nouveau ses portes. Désormais, plus de 900 tableaux groupés par écoles sont présentés au public dans la Grande Galerie et le Salon Carré, tandis que l'aile de la Petite Galerie réunit des dizaines de sculptures antiques.

Bonaparte décide de transférer au Louvre les collections de l'ancienne bibliothèque royale.

Dans la Cour Carrée enfin, le Louvre accueille pour la première fois, et pour une durée de six jours, l'Exposition des produits de l'industrie française, une sorte d'ancêtre des expositions universelles. Quant aux *Chevaux de Saint-Marc*, ils sont installés au sommet des piliers de la grille des Tuileries, comme de véritables trophées à la gloire de l'occupant du palais...

À la même époque, Bonaparte décide de transférer au Louvre les collections de l'ancienne bibliothèque royale. Mais il faut pour cela expulser les innombrables résidents qui ont envahi la Cour Carrée depuis plus d'un siècle, seules les académies – qui avaient finalement été rétablies sous une autre forme – étant autorisées à rester sur place. Lorsque les locaux se libèrent enfin, le spectacle est désolant : partout, les salles du Louvre sont dans un état lamentable. Les décors de l'ancienne résidence royale ont disparu ou sont méconnaissables, des planchers sont venus dédoubler les étages, la saleté et la poussière sont partout... On peine à croire qu'on se trouve dans un ancien palais royal !

Enfin, certains locataires ne se laissent pas déposséder facilement, à commencer par David, qui dispose à lui seul de trois ateliers dans l'aile de la Colonnade et qui proteste auprès du ministre de l'Intérieur pour ne pas être expulsé, arguant qu'à lui seul, il vaut une académie ! Il n'aura pas gain de cause : David doit quitter les lieux comme les autres. Le départ de cette foule d'artistes a au moins un bon côté : il entraîne celui des prostituées, qui ont perdu leur clientèle et n'ont plus guère de raison de rester. La plupart s'installent alors dans le secteur du Palais-Royal...

Pour présenter au public davantage d'œuvres, Bonaparte fait appel à un savant de grande valeur : Dominique Vivant Denon.

Alors que la France est en paix de nouveau, les touristes affluent à Paris. Ceux qui découvrent alors le musée du Louvre sont subjugués par cette extraordinaire concentration de chefs-d'œuvre issus de toute l'Europe. C'est bien simple, l'abondance est telle qu'il faut renvoyer le *Cycle de Marie de Médicis* au Luxembourg, faute de place ! Le ministre de l'Intérieur, Chaptal, ne peut que se féliciter : « Le Muséum des arts présente en ce moment la plus riche collection de tableaux et de statues antiques qu'il y ait en Europe. » De fait, si l'on ne peut exposer qu'une petite partie de la collection, le Louvre abrite alors plus de 2 500 tableaux de toutes les époques,

Le Museum central des arts devient le « Musée Napoléon », en toute simplicité !

20 000 dessins, 30 000 estampes et pas moins de 1 500 statues ! En quelques années, le Louvre est devenu une sorte de musée universel, dont la richesse ne sera plus jamais égalée.

Faut-il « fermer » le Louvre ?

Pour présenter au public davantage d'œuvres de cette fantastique collection, il faudrait étendre encore le musée, mais la tâche n'a rien d'évident. Pour s'en acquitter, Bonaparte fait appel à un savant de grande valeur, doublé d'un homme d'action efficace : Dominique Vivant Denon, qui s'était distingué lors de la campagne d'Égypte en escaladant le Sphinx. Il avait surtout rapporté de son expédition une impressionnante collection de dessins d'antiquités égyptiennes, dont il avait tiré le monumental *Voyage dans la Basse et Haute Égypte*. Désormais, c'est donc une autre tâche colossale qui l'attend : en effet, en tant que « directeur des Musées », Vivant Denon est chargé d'administrer non seulement le muséum du Louvre, mais aussi le château de Versailles, le musée des Monuments français ou encore l'hôtel de la Monnaie… Or, pour l'épauler au Louvre,

Denon ne peut compter que sur un secrétaire général, douze gardiens et deux portiers, tout cela pour gérer la plus incroyable collection d'art jamais vue ! Rappelons que, de nos jours, le musée du Louvre emploie 2 100 personnes pour son fonctionnement… L'une des premières décisions de Denon est alors de donner au muséum une nouvelle entrée, surmontée d'un buste monumental de Bonaparte, et de rebaptiser l'établissement du nom de son bienfaiteur : le Muséum central des arts devient alors le « musée Napoléon », en toute simplicité !

Cependant, l'ambition du Premier consul ne s'arrête pas au musée : c'est l'ensemble du Louvre qu'il souhaite agrandir, et cela en faisant au nord ce qu'Henri IV avait déjà réalisé au sud, c'est-à-dire relier le Louvre aux Tuileries par une immense aile de bâtiments, qui longera cette fois la nouvelle rue de Rivoli. Ce projet d'un Louvre enfin « fermé » de tous les côtés, on en rêvait depuis longtemps, tant les Tuileries et le Louvre semblaient avoir été faits pour être réunis… De cet immense palais, Napoléon rêve de faire une sorte de nouveau Versailles, c'est-à-dire à la fois une résidence princière, une cité administrative et un musée compris comme la vitrine des conquêtes de la France. Un palais digne d'un roi… et même d'un empereur car, déjà, Napoléon prépare son couronnement.

C'est d'ailleurs en vue de cet événement qu'à la fin du mois de novembre 1804, le Louvre accueille un hôte de marque : le pape Pie VII, venu à Paris pour célébrer le sacre de Napoléon. Bien que logé dans le pavillon de Flore, le sou-

En novembre 1804, le Louvre accueille un hôte de marque : le pape Pie VII.

verain pontife ne semble pas avoir profité de l'occasion pour visiter le musée tout proche, sans doute parce qu'il contenait à son goût un peu trop d'œuvres aliénées sous la contrainte aux collections du Vatican...

Le saviez-vous ?

On assassine un chef-d'œuvre !

Quelle est la plus belle œuvre du Louvre ? C'est évidemment une question sans réponse : tout dépend de la sensibilité et des goûts de chacun. De nos jours toutefois, *La Joconde* jouit de la plus grande réputation : elle est considérée, sinon comme la plus belle, du moins comme la plus célèbre et la plus recherchée par le grand public – en témoigne la foule dense de touristes qui se presse en permanence devant elle. Cependant, il n'en a pas toujours été ainsi car, au fil des époques, la sensibilité du public a évolué, et la notoriété des œuvres également. De fait, ce n'est qu'après son vol très médiatisé en 1911 que *La Joconde* a acquis son statut de tableau le plus célèbre du Louvre. Auparavant, la première place parmi les peintures revenait plutôt à *La Belle Jardinière* de Raphaël qui, bien que toujours reconnue aujourd'hui comme un grand chef-d'œuvre, n'est plus aussi célèbre qu'autrefois auprès du grand public. De la même façon, *Le Déluge* de Nicolas Poussin, aujourd'hui ignoré de la plupart des touristes, a été extrêmement admiré : durant longtemps, on le considère comme le plus grand chef-d'œuvre jamais réalisé en matière de peinture de paysage à dimension historique. Le tableau a d'ailleurs été victime de son succès car, le 9 juillet 1907, un déséquilibré lui assène sept coups de couteau... Parmi les sculptures enfin, nous avons vu que la *Vénus d'Arles*, si admirée depuis le règne de Louis XIV, a été « détrônée » au début du XXe siècle par la *Vénus de Milo*... Et qui sait si, dans les décennies à venir, *La Joconde* ne sera pas éclipsée à son tour ?

Napoléon finira-t-il le Louvre… avant Waterloo ?

Pour mener les grands travaux du Louvre, Napoléon, devenu empereur, écarte l'architecte Étienne-Chérubin Leconte, coupable d'avoir dépassé les budgets aux Tuileries. À qui critique la solidité de ses constructions, Leconte réplique : « Cela durera toujours autant que le régime ! » La phrase parvient à Napoléon, qui le remplace aussitôt. Percier et Fontaine prennent alors en main le projet du Grand Louvre. Mais Leconte n'avait-il pas vu juste ? L'Empire tiendra-t-il assez longtemps pour que Napoléon réalise son rêve ?

Un Louvre sans artistes ?

Au Louvre, les architectes de Napoléon ont du travail absolument partout : au nord, il faut entamer la construction de la nouvelle aile du palais, promise à longer la rue de Rivoli ; à l'est, on doit achever la Cour Carrée et transformer l'aile de la Colonnade afin qu'elle accueille les appartements de l'empereur ; au sud enfin, la Grande Galerie doit être dotée pour la première fois d'un éclairage zénithal, sous la forme de lanterneaux percés dans les reins de la voûte ; dans la cour enfin, on lance la construction d'une grande chapelle dédiée à saint Napoléon.

Au Louvre, les architectes de Napoléon ont du travail absolument partout.

Pour accomplir son projet de cité impériale, Napoléon doit avant tout faire le vide : il lui faut expurger le Louvre de tous ses occupants, légitimes ou non, à commencer par les académies, désormais réunies sous le nom d'Institut de France. Or, tout empereur qu'il soit, Napoléon ne peut se permettre de chasser ces institutions prestigieuses comme des malpropres : il faut leur trouver un lieu où aller. On n'a pas à chercher bien loin car, juste en face du Louvre, de l'autre côté de la Seine, l'ancien collège des Quatre-Nations construit par Mazarin fera un cadre idéal. Le 20 mars 1805, les quatre académies qui composent l'Institut de France sont donc transférées dans l'édifice qu'elles occupent toujours aujourd'hui, relié au Louvre par une passerelle promise à devenir notre pont des Arts.

À présent que la Cour Carrée est enfin libre, on peut regarder du côté de la Grande Galerie. À la fin du mois de mars 1806, Napoléon visite la célèbre « galerie des illustres » : il s'agit de dizaines d'ateliers d'artistes, logés par le pouvoir dans les étages inférieurs à la Grande Galerie. L'empereur est alors stupéfié par le spectacle, mais pas en bien ! Il découvre en effet une véritable cour des miracles, faite de logements insalubres, d'ateliers en désordre, parcourus en tous sens par les artistes, leurs assistants et leurs familles. Partout, des poêles à bois, des cuisines improvisées, des lessiveuses, de la crasse, des seaux rem-

David expose dans le Salon Carré sa dernière création Le Sacre de Napoléon, *qui bat tous les records avec six mètres par dix !*

plis d'ordures… c'est un fatras sans nom ! Frappé notamment par le nombre de poêles, l'empereur se demande comment une catastrophe n'est pas déjà arrivée : « Ces bougres-là finiraient par brûler mon musée ! » Dès lors, sa décision est prise : il faut « purger ces nouvelles écuries d'Augias ». Dès le lendemain de sa visite, l'empereur signe le décret d'expulsion. Un mois et demi plus tard, les étages sous la Grande Galerie sont vides. C'est la fin de deux siècles de présence artistique au Louvre.

Qui fera la plus grande toile ?

Alors que le Louvre se vide de ses derniers habitants, le musée, lui, continue de s'enrichir. En 1805, l'empereur fait venir de Bayeux la célébrissime tapisserie consacrée à la conquête de l'Angleterre par Guillaume le Conquérant – une allusion à peine voilée à ses desseins concernant la perfide Albion… Deux ans plus tard, la France acquiert les antiques de la collection

Borghèse : 121 statues, dont le célèbre Gladiateur Borghèse, qui filent immédiatement au Louvre. En outre, tous les deux ans, le palais continue d'accueillir le Salon, qui suscite toujours autant d'engouement. Sous les yeux des visiteurs éblouis, et à travers des œuvres démesurées, Antoine-Jean Gros et David rivalisent d'ambition pour glorifier l'Empire. En 1804, pour ses *Pestiférés de Jaffa*, Gros est acclamé et littéralement porté en triomphe par la foule. Quatre ans plus tard, il récidive avec son monumental *Napoléon sur le champ de bataille d'Eylau :* un tel chef-d'œuvre que, lorsqu'il le découvre, Napoléon détache de sa poitrine sa propre légion d'honneur, pour la remettre au peintre !

Quelques mois plus tôt, cela avait été au tour de David d'exposer, dans le Salon Carré, sa dernière création, *Le Sacre de Napoléon*, qui battait tous les records avec six mètres par dix ! Au Salon de 1810 enfin, David et Gros rivalisent de nouveau, avec *La Distribution des aigles* pour l'un et *Napoléon à la bataille des Pyramides* pour l'autre. Deux ans plus tard, pour le Salon de 1812, c'est un tableau de moindres dimensions, mais d'une manière incroyablement nouvelle, qui attire l'attention des visiteurs : *Officier de chasseurs à cheval de la Garde impériale, chargeant*. La toile est signée par un jeune homme de dix-neuf ans, Théodore Géricault. C'est une révélation.

Enfin, alors que les travaux au Louvre se poursuivent, on achève la construction de l'arc de Triomphe du Carrousel, qui forme alors l'entrée de la cour du palais des Tuileries. Comme un symbole des conquêtes de Napoléon, le monument est alors coiffé par les *Chevaux de Saint-Marc* aujourd'hui remplacés par des copies.

Le Salon du mariage ?

Pour Napoléon, désormais tout-puissant en France et en Europe, il n'y a plus qu'une ombre au tableau : il n'a toujours pas réussi à obtenir un héritier de son épouse Joséphine. L'empereur se croit d'ailleurs longtemps stérile mais, lorsqu'il obtient des enfants naturels d'une de ses maîtresses, il devient clair que la responsable est en fait Joséphine. Malgré l'affection sincère qui l'unira toujours à elle, Napoléon se sépare donc de l'impératrice, pour épouser Marie-Louise d'Autriche. Et après avoir officiellement annoncé son divorce au Tuileries, c'est au Louvre que Napoléon choisit de célébrer son mariage.

La cérémonie doit avoir lieu le 2 avril 1810, dans le Salon Carré, transformé en chapelle pour l'occasion. Pour cela, il faut évidemment évacuer les tableaux qui couvrent les murs de la pièce, mais Dominique Vivant Denon rechigne à un tel déménagement, et prend prétexte de ne pas pouvoir déplacer les plus grandes œuvres comme *Les Noces de Cana*. L'empereur lui répond alors : « Si vous ne pouvez pas les déplacer, brûlez-les ! », sachant pertinemment que le conservateur prendrait si peur de cette réplique qu'il trouverait vite une solution... De fait, le jour du mariage venu, le Salon Carré brille de mille feux : entièrement tendu de blanc, rouge et or, il a été doté de

C'est au Louvre que Napoléon choisit de célébrer son mariage avec Marie-Louise.

Les mariés arrivent depuis les Tuileries en passant par la Grande Galerie, où ils traversent une haie d'honneur.

tribunes capables d'accueillir quelque 600 invités triés sur le volet. Quant aux mariés, ils arrivent depuis les Tuileries en passant par la Grande Galerie, où ils traversent une haie d'honneur formée par les 800 invités supplémentaires qu'on n'a pas pu caser dans le salon-chapelle... Les mariés sont somptueusement vêtus : tout en blanc, l'empereur est coiffé d'une toque sur laquelle brille le diamant Régent, tandis que Marie-Louise est couverte de soieries et d'une parure d'émeraudes et de brillants. Lorsqu'il entre dans la chapelle, Napoléon s'agace de constater que la moitié des sièges prévus pour accueillir les cardinaux sont restés vides, mais qu'importe : l'empereur triomphe, et moins d'un an plus tard, Marie-Louise va lui offrir un héritier. L'Empire de Napoléon est désormais à l'image du Louvre, et le Louvre à l'image de l'Empire : l'un comme l'autre semble promis à toujours s'agrandir et prospérer. Et pourtant, tout va bientôt s'effondrer...

Le saviez-vous ?

Au Louvre, où sont les femmes ?

C'est le grand paradoxe du Louvre : les femmes y sont à la fois partout... et nulle part ! En effet, on sait que les plus célèbres égéries du musée sont aujourd'hui *La Joconde*, la *Vénus de Milo* et la *Victoire de Samothrace*, trois figures féminines donc, auxquelles on pourrait ajouter encore les emblématiques *Sabines* de David, *La Liberté guidant le peuple* de Delacroix ou encore la *Grande Odalisque* d'Ingres et *La Belle Jardinière* de Raphaël. Et pourtant... en dépit de cette omniprésence des figures féminines, les artistes femmes sont très peu représentées parmi les collections du musée : sur les 3 500 peintures exposées au Louvre, on ne compte qu'une trentaine de tableaux signés par des femmes ! Du sexisme de la part des conservateurs ? Bien sûr que non : cette extrême disparité n'est que le reflet de la condition féminine avant le XXe siècle, qui tenait les femmes éloignées de la sphère artistique. Malgré cela, d'ailleurs, quelques artistes féminines étaient parvenues à percer dans le milieu – au point d'intégrer l'Académie, qui ne leur était donc pas complètement hostile – et contribuent aujourd'hui à embellir le Louvre de leurs chefs-d'œuvre. À commencer par Élisabeth Vigée Le Brun, portraitiste de génie dont on peut admirer six œuvres au Louvre, dont le célèbre *Madame Vigée Le Brun et sa fille*. On connaît également le fameux *Portrait présumé de Madeleine*, par Marie-Guillemine Benoist, l'un des très rares tableaux du Louvre consacré exclusivement à une personne noire. Dans un autre genre, Anne Vallayer-Coster brillait quant à elle par sa maîtrise de la nature morte, dont trois exemples sont présentés au Louvre. Enfin, s'il fallait une preuve des éminentes qualités de ces artistes femmes, on la trouverait dans le tableau *La Joyeuse Compagnie*, réalisé par Judith Leyster en 1630. En effet, l'œuvre a longtemps été attribuée à Frans Hals, l'un des plus grands peintres flamands de l'époque ; la faute à une fausse signature ajoutée au tableau... et au talent de l'artiste !

Comment le Louvre a-t-il perdu une partie de ses chefs-d'oeuvre ?

*Au Salon de 1814, comme un symbole, Géricault présente le pendant exact de l'*Officier de chasseurs à cheval de la Garde impériale chargeant *qui a fait son succès deux ans plus tôt : mêmes dimensions, même sujet militaire, même génie pictural. Mais, cette fois, la toile représente un* Cuirassier blessé quittant le feu, *dans une attitude bien moins offensive que celle de son devancier ! Le tableau devient vite le symbole de la débâcle de l'armée napoléonienne et de la chute de l'Empire, intervenue quelques mois plus tôt. Mais pour le Louvre, le pire est encore à venir...*

Le musée reçoit dès le 2 avril la visite du roi de Prusse en personne.

« Pourquoi Napoléon est-il allé en Russie ? »

Au printemps 1814, alors que Napoléon s'apprête à rejoindre l'île d'Elbe, les Alliés pénètrent dans Paris. Dans la capitale occupée, que font alors les grands dirigeants étrangers ? La même chose que les touristes d'aujourd'hui : ils visitent le Louvre ! Abritant toujours la plus grande concentration de chefs-d'œuvre jamais vue en Europe, le musée reçoit dès le 2 avril la visite

Ce Cuirassier blessé quittant le feu *devient vite le symbole de la débâcle de l'armée napoléonienne.*

du roi de Prusse en personne. Dans la Grande Galerie, le souverain peut admirer une incroyable série de vingt-quatre tableaux de Nicolas Poussin, quinze Raphaël, sept Léonard de Vinci, neuf Corrège, quinze Véronèse, dix Le Tintoret, vingt-quatre Titien... tous les chefs-d'œuvre de la France et de l'Italie semblent réunis dans une seule salle ! « Pourquoi Napoléon est-il allé en Russie, alors qu'il avait ici toutes ces merveilles ? » s'interroge, pensif, le maréchal Blücher, alors qu'il visite le musée en compagnie de Metternich...

Le 30 mai, la signature du traité de Paris fait perdre à la France ses conquêtes territoriales en Europe. En revanche, les Alliés reconnaissent la validité des traités passés avec les puissances étrangères pour procéder aux saisies d'œuvres d'art : ces biens ayant été acquis légalement, le Louvre pourra donc conserver ses chefs-d'œuvre. Récemment installé sur le trône de France par les Alliés, Louis XVIII se réjouit vivement de cette décision, et en profite pour visiter le musée à son tour, à bord du fauteuil roulant qu'il utilise pour se déplacer. Enfin, le 25 juillet, Denon inaugure dans le musée de nouvelles salles, consacrées à ceux qu'il baptise les « Primitifs » italiens et flamands, ces peintres du XVe siècle dont on découvre alors tout le talent. Bref, dans ce Louvre plein à craquer de chefs-d'œuvre, tout semble continuer comme avant. Seul le nom a changé : le musée qu'abrite le Louvre n'est plus le musée Napoléon, mais le Musée royal.

C'est alors qu'au printemps 1815 se produit l'impensable : le retour de Napoléon. L'épopée d'un empereur déchu parvenu, en quelques semaines, à reprendre la tête de son pays, à reconstruire une armée, à tenir tête une nouvelle fois à toute l'Europe coalisée contre lui... C'est l'épopée des Cent-Jours, qui voient l'Empire renaître, puis s'effondrer de nouveau, et cette fois pour de bon. Un battement de cils à l'échelle de l'Histoire, mais dont les conséquences sur l'histoire du Louvre vont être irréversibles.

Pourquoi le Louvre a-t-il gardé *Les Noces de Cana* ?

Après la seconde capitulation de Napoléon, les Alliés se montrent beaucoup plus sévères avec cette France coupable d'avoir fait renaître son empereur. Le Louvre en paie chèrement les conséquences, car alors même que la légalité des saisies avait été reconnue l'année précédente, les occupants exigent désormais que les œuvres soient restituées à leur pays d'origine. Pourtant restauré une seconde fois, Louis XVIII lui-même ne peut rien faire. Il encourage toutefois Denon à s'opposer par tous les moyens aux saisies : « Résistez tant que vous pourrez ! Ne cédez qu'à la force ! » Mais c'est précisément la force qu'utilisent les Alliés pour dépouiller le Louvre. Empoigné par les soldats, menacé d'emprisonnement, Denon ne peut que protester, et regarder son musée se vider des chefs-d'œuvre qu'il avait mis tant d'années à présenter dignement au public. Le directeur des Musées est mortifié, mais il a au moins une satisfaction : les tableaux, statues et autres objets d'art sont emballés avec soin. Ce n'est pas un pillage, mais un déménagement. Au moins, les œuvres n'en souffriront pas.

On parvient à conserver au Louvre les gigantesques Noces de Cana, *en échange d'un grand format de Le Brun qui est envoyé en Italie.*

Au total, les Alliés dépouillent le Louvre de plus de 2 000 tableaux, 280 statues et sculptures, presque 300 bronzes, et encore de centaines d'autres objets d'art. Malgré tout, le Louvre des lendemains de l'Empire reste bien plus riche qu'il ne l'était avant les conquêtes napoléoniennes. En effet, cédant aux efforts de Denon, les Alliés ont renoncé à emporter une centaine de tableaux et quelques dizaines d'antiques qui leur revenaient. On parvient également à conserver au Louvre les gigantesques *Noces de Cana*, en échange d'un grand format de Le Brun qui est envoyé en Italie. En outre, s'il rapatrie au Vatican ses chefs-d'œuvre, le pape se montre généreux : en gage de bonne entente avec Louis XVIII, il lui fait don de la superbe statue antique du Tibre avec Romulus et Rémus, qui reste donc au Louvre. Enfin, les œuvres acquises en toute légalité, par simple achat et sans contrainte, comme la collection Borghèse, demeurent évidemment au Louvre.

De belles consolations, mais pour qui a connu le Louvre napoléonien, le contraste est tout de même saisissant : en quelques semaines, le musée s'est littéralement vidé de sa substance ! Partout, des emplacements vides, des murs nus, surtout dans la Grande Galerie où l'on avait accumulé les chefs-d'œuvre italiens. Après avoir fait tout ce qu'il pouvait pour sauver les meubles, Denon n'a pas le courage de rester : il démissionne. Son remplaçant, le comte de Forbin, est confronté à un immense défi : remplir de nouveau le Louvre, et lui redonner un peu de sa splendeur perdue.

Comment réinvestir le Louvre d'œuvres majeures ?

Désireux de ne pas rappeler l'absolutisme en s'installant à Versailles, Louis XVIII emménage aux Tuileries. Pour le frère de Louis XVI, le Louvre est naturellement un symbole de légitimité. C'est d'ailleurs dans le palais de ses ancêtres, et plus précisément dans la salle des Gardes, que Louis XVIII réunit désormais les parlementaires du royaume, pour la cérémonie annuelle de la rentrée des Chambres, qu'il préside lui-même.

Quant au musée, il s'enrichit de nouveau. Pour combler les manques laissés par les Alliés, on se sert dans l'ancienne collection royale, dont la richesse est presque inépuisable. En particulier, le *Cycle de Marie de Médicis* fait son grand retour au Louvre, où désormais l'espace ne manque plus pour l'accueillir… En 1816, la disparition du musée des Monuments français est une aubaine également pour le Louvre, car on y puise des sculptures, des éléments d'architecture, des tombeaux, des portails d'église… de quoi remplir cinq salles ! Le musée récupère aussi des statues venues de Versailles, et n'hésite pas à acquérir des œuvres récentes majeures : ainsi achète-t-on à David ses fantastiques *Sabines*, et à Girodet son émouvante *Atala au tombeau*.

Désireux de ne pas rappeler l'absolutisme en s'installant à Versailles, Louis XVIII emménage aux Tuileries.

Enfin, le Louvre profite toujours de l'effervescence artistique du Salon, dont les œuvres maîtresses sont parfois acquises par le musée. Celui de 1819 est particulièrement mémorable car *Le Radeau de la Méduse* de Géricault provoque autant d'admiration que de répulsion parmi les spectateurs. Louis XVIII félicite l'artiste par un bon mot : « Monsieur Géricault, vous venez de faire un naufrage qui n'en sera pas un pour vous ! » De fait, l'œuvre sera acquise par le Louvre cinq ans plus tard, à la suite de la mort prématurée de Géricault. Avec le jeune Delacroix, alors âgé de vingt-quatre ans, on perd moins de temps encore : sa *Barque de Dante*, présentée au Salon de 1822, est immédiatement achetée par le musée. On dit d'ailleurs que Delacroix aurait découvert sa vocation de peintre au Louvre, devant *Les Noces de Cana*, comme foudroyé par la puissance picturale d'un simple capuchon rouge sur la tête de l'un des serviteurs... De fait, la mission d'un musée est aussi de créer et d'encourager les vocations, et depuis trente ans qu'il existe, le Louvre commence à jouer pleinement son rôle.

Le saviez-vous ?

Le Radeau de la Méduse, chef-d'œuvre en péril ?

Icône du Louvre aujourd'hui, *Le Radeau de la Méduse* provoque un choc au Salon de 1819. Immense par son format comme par son sujet, le tableau s'inspire d'un drame récent : le naufrage de la frégate Méduse en 1816. Environ 150 rescapés dérivent sur un radeau de fortune ; seuls quinze survivent après des scènes d'horreur. Géricault, fasciné, mène des recherches minutieuses, visitant morgues et hôpitaux pour peindre les corps avec réalisme. Le résultat est un chef-d'œuvre à la fois cru et bouleversant, qui divise le public. Mais l'œuvre vieillit mal : l'huile utilisée, trop riche en oxyde de plomb, assombrit peu à peu la toile. Un jour, elle pourrait disparaître dans l'ombre... comme le radeau dans l'océan.

Qui a sauvé le Louvre des flammes ?

Le musée du Louvre, réduit en cendres ? C'est le cauchemar de tous les amoureux de l'art et de la culture. Un scénario catastrophe qui a bien failli se produire en 1871, lorsque des insurgés de la Commune mettent le feu au palais des Tuileries, déclenchant ainsi un incendie qui ne tarde pas à se propager au Louvre. Pour sauver le musée et ses chefs-d'œuvre, il faudra l'intervention de militaires courageux, qui dans le chaos de la nuit luttent à la fois contre l'ennemi et contre les flammes…

Mais qui sont les vrais sauveurs du Louvre ?

Mis en échec par la Commune – cette insurrection du peuple parisien, dans la foulée de la défaite contre l'Empire allemand – et décidé à reprendre le contrôle de la capitale à tout prix, le président Adolphe Thiers fait pénétrer l'armée dans Paris le dimanche 21 mai 1871 : c'est le début de la Semaine sanglante, marquée par des scènes d'une extrême violence. Pour ralentir la progression de l'armée versaillaise, les communards sont prêts à tout, y compris à

Dans la nuit du 23 au 24 mai 1871, des communards mettent le feu au palais.

déclencher des incendies, qui seront autant d'occasions d'abattre les symboles de l'ordre établi. De fait, dans la nuit du 23 au 24 mai 1871, des communards retranchés dans les Tuileries mettent le feu au palais, emblème de l'ancien pouvoir impérial. Un acte de destruction inutile, puisque l'Empire est déjà tombé, mais surtout un véritable crime patrimonial, car non seulement le feu dévore un palais à l'histoire multiséculaire, mais surtout, l'incendie menace de se propager au musée du Louvre ! De fait, aux deux extrémités des Tuileries, le brasier gagne bientôt le pavillon de Flore et celui de Marsan, puis les longues ailes nord et sud du Louvre, dont les combles sont déjà la proie des flammes...

Alors même que la guerre civile fait rage dans les rues, et que les pompiers sont retenus par d'autres incendies partout dans Paris, on court à la catastrophe. Le conservateur des musées nationaux, Henry Barbet de Jouy, n'hésite pas une seconde : pour stopper la progression du feu, il monte lui-même sur les toits, aidé seulement de son assistant. Leur geste serait toutefois demeuré inutile sans l'intervention d'un autre héros, Martian de Bernardy de Sigoyer, commandant du 26e bataillon de chasseurs à pied de l'armée versaillaise. Voyant que l'incendie menace de gagner le Louvre, le militaire décide – sans ordre supérieur – de faire intervenir ses hommes. Mais encore faut-il pour cela parvenir jusqu'au musée, dont les abords sont tenus par l'ennemi... Une offensive vigoureuse permet alors de refouler les communards au niveau du Pont-Neuf, ce qui permet à une partie du bataillon de pénétrer dans le Louvre. Alors, certains soldats se postent aux fenêtres afin de défendre la position, tandis que d'autres enfoncent la porte de la galerie des Antiques. De là, on monte jusque sur les toits, en s'emparant au passage d'outils abandonnés par les ouvriers qui travaillaient sur le chantier :

Louis Visconti présente de nouveaux plans pour le Louvre à Napoléon III et son épouse.

haches, pioches, masses, barres à mine... Avec cet équipement de fortune, Sigoyer et ses hommes tentent de démanteler les charpentes de la toiture afin de pratiquer un coupe-feu, tandis que d'autres forment des chaînes humaines pour combattre le feu à coups de seaux d'eau, avec le renfort d'un détachement du 91e régiment d'infanterie. Finalement, l'intervention de la brigade des sapeurs-pompiers de Paris permet de maîtriser définitivement l'incendie.

Dès lors, les hommes du 26e bataillon retournent au combat. Le corps du commandant Sigoyer sera retrouvé deux jours plus tard, près du boulevard Beaumarchais, enfoui sous les décombres d'une maison incendiée. Grâce à ces hommes courageux, le musée du Louvre a été sauvé, mais les dégâts sont considérables : du palais des Tuileries, il ne reste plus que les murs, tandis que les pavillons de Flore et de Marsan sont partis en fumée également, tout comme une partie de l'aile Rivoli. Le Grand Louvre de Napoléon III n'aura connu qu'une existence éphémère.

Lustres étincelants, boiseries dorées, velours pourpre, incarnent la grandeur du pouvoir à son apogée.

De nouvelles perspectives s'ouvrent pour le Louvre !

La France de la IIIe République ne peut que renâcler à reconstruire les Tuileries, dont Napoléon III avait fait le symbole de son pouvoir. En revanche, il est impératif de reconstruire les parties du Louvre touchées par l'incendie. On en profite d'ailleurs pour agrandir un peu l'aile Rivoli, et pour y loger des institutions, à savoir la Cour des comptes et le ministère des Finances, lequel devait y demeurer plus d'un siècle. Quant à la salle des États du Louvre, elle accueille momentanément le Sénat, puis le conseil municipal de Paris, en attendant la reconstruction de l'Hôtel de Ville et du palais du Luxembourg, victimes eux aussi des incendies de la Commune. C'est aussi à cette époque que les visiteurs peuvent découvrir pour la première fois un témoignage spectaculaire de la vie de cour sous le Second Empire : les somptueux appartements de Napoléon III. Décorés avec une opulence typique du style impérial, ces salons richement restaurés : lustres étincelants, boiseries dorées, velours pourpre, incarnent la grandeur du pouvoir à son apogée. Aujourd'hui encore, ils rappellent que le Louvre ne fut pas toujours un simple musée, mais bel et bien un palais habité.

La même année, les parlementaires votent la destruction des ruines du palais des Tuileries. Là encore, on s'attaque au symbole, au détriment du patrimoine. Un geste regrettable, mais une fois détruites les ruines qui masquaient la vue, c'est une perspective grandiose qui s'ouvre, sur plus de trois kilomètres, depuis le pavillon de l'Horloge jusqu'à l'arc de triomphe de la place de l'Étoile, en passant par le jardin des Tuileries, l'obélisque de la Concorde et les Champs-Élysées… Avec ses deux longues ailes désormais ouvertes, le Louvre semble littéralement embrasser cette immense perspective. Un effet grandiose, encore très apprécié des touristes aujourd'hui.

Au contraire des souverains qui les ont précédés, les présidents de la IIIe République s'intéressent très peu au Louvre, ce qui permet au musée de s'émanciper de l'influence politique. Cela n'empêche pas les enrichissements, en 1884, les fouilles de Persépolis livrent au Louvre près de 200 caisses d'objets achéménides, dont le gigantesque chapiteau à têtes de taureau. En 1884, la Victoire de Samothrace est installée au sommet de l'escalier Daru, pour lequel elle semble avoir toujours été faite tant la sculpture s'intègre admirablement aux volées de marches de l'escalier, qui sont pour elles comme un immense piédestal… où elle devient l'un des symboles du musée.

Les somptueux appartements de Napoléon III décorés avec une opulence typique du style impérial.

Au tournant du XXᵉ siècle, le musée réalise encore d'importantes acquisitions.

Un musée dans le musée ?

Au tournant du XXe siècle, le musée réalise encore d'importantes acquisitions, comme le magnifique tombeau de Philippe Pot, qui vient enrichir un département des sculptures désormais avide d'art médiéval. Quant à la chapelle funéraire du mastaba d'Akhethétep, découverte à Saqqarah en Égypte, elle est entièrement démontée pour être reconstituée à Paris, où elle forme aujourd'hui encore l'un des sommets du département des antiquités égyptiennes. On assiste aussi à l'arrivée de plusieurs chefs-d'œuvre d'Ingres, comme le toujours imposant *Louis-François Bertin, dit Bertin l'Aîné* et le très sensuel *Bain turc*. Enfin, après bien des pérégrinations, les statues de Charles V et de Jeanne de Bourbon reviennent au Louvre, pour l'ornement duquel elles avaient été créées près de 650 ans plus tôt !

Le Louvre de la IIIe République bénéficie aussi du mécénat : exhumé en 1895, à trois kilomètres au nord-ouest de Pompéi, le fabuleux trésor d'argenterie romaine de Boscoreale est immédiatement offert au musée du Louvre par le baron Edmond de Rothschild. Deux ans plus tard, le musée bénéficie de la fondation de la Société des amis du Louvre, dont l'œuvre de mécénat permet l'achat de nombreux chefs-d'œuvre, à commencer par la *Pietà de Villeneuve-lès-Avignon*, véritable sommet de la peinture du XVe siècle. Enfin, le Louvre accueille même en ses murs un autre musée, celui de l'Union centrale des arts décoratifs, dont les collections étaient exposées jusqu'ici au palais de l'Industrie, au bord des Champs-Élysées. Lorsque celui-ci est détruit pour laisser place au Grand et au Petit Palais, l'Union installe ses collections dans l'aile Marsan du Louvre. C'est la naissance du musée des Arts décoratifs, qui ouvre ses portes le 29 mai 1905 et forme désormais un superbe complément aux collections du Louvre.

Le saviez-vous ?

La mauvaise affaire du siècle ?

Les multiples enrichissements réalisés par le Louvre au début de la IIIe République sont malheureusement ternis par une opération désastreuse. En cause ? Le zèle excessif que met le régime républicain à abattre les anciens symboles de la monarchie. En 1887 en effet, on procède à la vente aux enchères des joyaux de la Couronne, exposés pour l'occasion dans la galerie d'Apollon, tandis que des ventes successives ont lieu dans le cadre grandiose de la salle des États. Ce sont alors des milliers de perles, des centaines de rubis, saphirs, émeraudes, opales, et des dizaines de milliers de brillants qui quittent l'écrin du Louvre. Le résultat ? Une perte patrimoniale irréversible, pour un bénéfice de moins de 7 millions de francs, soit trois fois moins que l'estimation ! Heureusement, on a tout de même eu le bon sens de conserver la « star » de la collection, le célèbre Régent, un diamant de 140 carats acquis par Philippe d'Orléans – d'où son nom – et considéré aujourd'hui encore comme l'un des plus beaux du monde. Quelques autres joyaux remarquables, comme la broche-reliquaire de l'impératrice Eugénie, sont également préemptés par le musée, mais la perte patrimoniale n'en est pas moins considérable. De nos jours, d'ailleurs, le Louvre s'efforce d'y remédier en reconstituant peu à peu la collection des joyaux de la Couronne, au moyen de coûteuses acquisitions qu'il aurait été si simple de s'épargner...

Apollinaire et Picasso ont-ils volé La Joconde ?

La hantise de tous les gardiens de musée est certainement de tomber nez à nez avec… un emplacement vide, sans bordereau de prêt ! Et lorsque l'œuvre manquante n'est autre que le plus célèbre tableau du monde, cela devient un véritable cauchemar… Un cauchemar que les gardiens du Louvre ont bel et bien vécu, un beau jour de l'été 1911, avec le vol de La Joconde. Mais comment un tel incident, inimaginable aujourd'hui, a-t-il été possible ? Et surtout, qui a fait le coup ? On n'hésite pas à avancer les plus folles hypothèses…

Quand la Joconde disparaît !

Le lundi 21 août 1911, jour de fermeture réservé aux copistes, le peintre Louis Béroud pénètre dans le Salon Carré pour y installer son chevalet. Habitué des lieux, il remarque immédiatement l'absence de *La Joconde*, normalement accrochée à hauteur d'homme, sous *Les Noces de Cana*. L'artiste s'en enquiert alors auprès d'un gardien, qui lui répond que le chef-d'œuvre de Léonard de Vinci se trouve sans doute à l'atelier photographique, comme cela arrive souvent. Mais lorsqu'on prend la peine de se renseigner, il faut rapidement se rendre à l'évidence : *La Joconde* n'est pas à la photographie, elle a disparu ! Dans un escalier de service, on retrouve le cadre brisé et la vitre qui protégeaient la

Lorsque l'œuvre manquante n'est autre que le plus célèbre tableau du monde, cela devient un véritable cauchemar...

peinture sur bois. L'hypothèse du vol devient alors une certitude. Or, si elle n'est pas encore le tableau le plus célèbre du monde à cette époque, *La Joconde* n'en est pas moins déjà considérée par les historiens de l'art comme un chef-d'œuvre d'une extrême importance. Le vol du tableau, relayé par la presse, déclenche une émotion sans précédent, d'autant plus que la police semble n'avoir aucune piste.

Le grand public se passionne pour l'affaire : on en fait des chansons, on se précipite au Louvre pour admirer l'emplacement vide du tableau... La Société des amis du Louvre offre même une récompense de 25 000 francs à quiconque fournirait un renseignement utile pour l'affaire. On reçoit alors un déluge de lettres, dont pas une ne fournit un indice sérieux ! Dans la presse, on ne se prive pas pour incriminer des suspects, parfois célèbres : les soupçons se portent notamment sur Pablo Picasso et Guillaume Apollinaire. En effet, on sait que le poète avait un temps hébergé chez lui un personnage sulfureux, Honoré Géry-Pieret, connu pour avoir dérobé au Louvre des statuettes phéniciennes qu'il avait ensuite revendues à Picasso. La légende prétend avec humour que lorsqu'il sortait de chez son hôte, Géry-Pieret lui lançait : « Je vais au Louvre, vous avez besoin de quelque chose ? », comme s'il partait faire ses courses ! Malgré l'absence de toute preuve concernant *La Joconde,* Apollinaire est inculpé pour complicité de vol, et écroué à la prison de la Santé. Les protestations de ses pairs lui permettront heureusement d'être libéré au bout de quelques jours.

Quelques mois après le vol, on désespère de retrouver un jour le tableau : au Louvre, l'emplacement de *La Joconde* est comblé par le non moins fabuleux *Portrait de Baldassare Castiglione,* chef-d'œuvre absolu de Raphaël. Finalement, il faut attendre plus de deux années pour que le mystère du vol s'éclaircisse enfin, et cela à près de 900 kilomètres de Paris... Le 10 décembre 1913, un galeriste de Florence, Alfredo Geri, est contacté par un certain Vincenzo Peruggia, un Italien de retour dans son pays après un long séjour en France. Or, Peruggia affirme être en possession de *La Joconde,* et déclare vouloir rendre ce chef-d'œuvre de l'art italien à son pays... Geri lui rend alors visite dans sa chambre d'hôtel, où il amène également le directeur du musée des Offices de Florence, afin d'expertiser l'œuvre. Le verdict est catégorique : il s'agit bel et bien de *La Joconde*. Les deux experts se hâtent d'informer la police italienne, qui procède à l'arrestation de Peruggia.

Un vol trop facile ?

On se précipite au Louvre pour admirer l'emplacement vide du tableau.

Mais comment Vincenzo Peruggia est-il parvenu à dérober *La Joconde* ? À vrai dire, l'opération a été désarmante de simplicité... Venu s'installer à Paris à l'âge de 24 ans, ce jeune Italien était devenu l'employé de la maison Gobier, un vitrier de la rue Saint-Honoré, qui l'avait envoyé au Louvre pour installer des verres de protection sur certains tableaux, parmi lesquels se trouvait *La Joconde*. Le jeune homme est-il alors tombé sous le charme de l'œuvre et voulait-il sincèrement la rendre à son pays, ou bien a-t-il agi simplement par esprit de lucre ? En tout cas, profitant de ses derniers travaux de vitrerie au Louvre, Peruggia passe à l'acte. Arrivé à sept heures du matin, avec son matériel et sa blouse de travail, il n'éveille aucun soupçon et se rend dans le Salon Carré. Là, il profite simplement de l'absence de gardiens pour décrocher le tableau, qui n'est protégé par aucun système de sécurité, puis gagne le petit escalier de ser-

EXCELSIOR
Journal Illustré Quotidien
Informations · Littérature · Sciences · Arts · Sports · Théâtres · Élégances
CE FUT SOUS UNE BLOUSE QUE MONA LISA FUT ENLEVÉE
LA RECONSTITUTION DE L'ENLÈVEMENT DE LA "JOCONDE"

Profitant des dimensions modestes de la peinture sur bois, Peruggia la dissimule parmi son matériel et sort du musée par l'accès habituel.

vice dans lequel il se débarrasse du cadre. Profitant des dimensions modestes de la peinture sur bois, il la dissimule simplement parmi son matériel et sort tranquillement du musée par l'accès habituel. À une époque où les caméras de surveillance n'existent pas, c'est le vol parfait ! Peruggia cache ensuite *La Joconde* chez lui, dans sa chambre de la cité Héron, dans le Xe arrondissement. Fort heureusement, il en prend soin : les experts s'accordent à dire que l'œuvre n'a pas souffert de ces deux années passées hors du Louvre.

Une fois *La Joconde* retrouvée, l'Italie la rend à la France : l'œuvre ayant été achetée par François Ier à Léonard de Vinci en personne, sa présence au Louvre est parfaitement légitime. Cependant, les Italiens ne sont guère pressés… et, après tout, ils ont bien mérité d'admirer un peu le chef-d'œuvre qu'ils viennent de retrouver ! Avant de rejoindre la France, *La Joconde* est donc exposée au musée des Offices de Florence, puis à Rome et à Milan. Lorsqu'elle revient à Paris, le 4 janvier 1914, des milliers de visiteurs assistent à l'accrochage du tableau – les droits d'entrée du jour sont reversés à des œuvres de bienfaisance italiennes. *La Joconde* retrouve alors sa place habituelle, à ceci près que, désormais, elle est fixée sur un panneau solidaire avec deux autres tableaux voisins, plus imposants, de façon à ne plus pouvoir être subtilisée discrètement.

Paradoxalement, le vol de *La Joconde* fait beaucoup pour sa notoriété, car c'est alors même qu'on se désole de sa disparition que le tableau acquiert une popularité universelle, dans toutes les couches de la société. Quant à son voleur, Vincenzo Peruggia, il écope d'une peine de prison légère : un an ferme, dont il fera sept mois. Après tout, l'œuvre n'a pas souffert...

Le Louvre se modernise !

Revenue en janvier 1914, *La Joconde* ne va rester que quelques mois au Louvre. En effet, lorsque la guerre éclate à l'été, les principaux chefs-d'œuvre du musée sont envoyés loin du front, au château de Blois et au couvent des Jacobins de Toulouse. Lorsqu'ils font leur retour à Paris dans les jours qui suivent l'armistice de 1918, on en profite alors pour moderniser la présentation. Le principe qui consistait à exposer toutes les œuvres « stars » de la peinture dans le Salon Carré est abandonné : une centaine de ses tableaux sont alors dispersés dans d'autres salles, ce qui favorise une meilleure répartition des visiteurs à travers le musée.

Parallèlement, les collections du Louvre s'enrichissent encore de grands chefs-d'œuvre : *La Nef des fous* de Jérôme Bosch, *La Mort de Sardanapale* de Delacroix, mais aussi des œuvres d'artistes plus récents, comme Gustave Courbet, et même les

Lorsque La Joconde *revient à Paris, des milliers de visiteurs assistent à l'accrochage du tableau.*

impressionnistes, auxquels on consacre alors toute une salle de l'aile de la Colonnade. On redécouvre aussi l'œuvre de Georges de La Tour, génie oublié du XVIIe siècle, dont le Louvre acquiert *L'Adoration des bergers* en 1926. Cependant, les enrichissements successifs réalisés depuis des décennies ont fini par nuire à la cohérence du musée : les différents départements sont morcelés, parfois jusque dans des annexes éloignées, tandis qu'à l'intérieur des salles d'exposition, les œuvres s'entassent jusqu'à l'étouffement. Il est temps de réorganiser tout cela, en accord avec les nouvelles conceptions en matière de muséographie : des départements plus cohérents, des salles bien éclairées grâce à l'électricité, et surtout une présentation plus aérée, quitte à réduire le nombre des œuvres exposées. Avec ces aménagements, le Louvre fait son entrée dans la modernité.

Le saviez-vous ?

La « Vénus aux navets », chef-d'œuvre ou canular ?

Un vulgaire pastiche, présenté au musée du Louvre avec les honneurs d'un chef-d'œuvre ? La chose semble inimaginable et pourtant, elle a bien failli se produire à la veille de la Seconde Guerre mondiale... Tout commence le 28 avril 1937, près de Saint-Étienne : un agriculteur de Saint-Just-sur-Loire laboure son champ de culture maraîchère lorsqu'il découvre par hasard, enfouie dans la terre, une magnifique statue de marbre, représentant une déesse à demi nue. L'auteur de la trouvaille contacte alors des érudits locaux, qui relaient eux-mêmes l'information aux meilleurs spécialistes de la sculpture antique. Pour eux, il n'y a pas de doute : attribuée au IIe siècle de notre ère, la statue est une copie romaine d'un original grec. Alors que l'œuvre est baptisée avec humour « Vénus aux navets » dans la presse, le directeur des Beaux-Arts de Paris, Georges Huisman, s'enthousiasme : c'est une nouvelle *Vénus de Milo*, il faut lui trouver un emplacement de choix au musée du Louvre ! Mais plus d'un an après la découverte, un jeune sculpteur stéphanois, François Crémonèse, se manifeste. Il affirme être l'auteur de la statue, qu'il avait enterrée ici à dessein en 1936, pour démontrer que les artistes contemporains valaient bien ceux de l'Antiquité ! Pour preuve de la supercherie, il détient le nez manquant de la statue, qui s'adapte parfaitement à son emplacement. La *Vénus aux navets* n'était donc qu'un pastiche. Humiliés publiquement, les spécialistes ne pardonneront pas à l'auteur du canular, qui malgré tout son talent ne recevra aucune commande... *La Vénus aux navets* resta célèbre, non pour sa beauté, mais comme une leçon d'humilité pour le monde de l'art.

Faut-il déménager le Louvre pour sauver ses chefs-d'œuvre ?

Le Louvre en province ? Cela semble naturel aujourd'hui, avec son antenne ouverte à Lens en 2012. Mais en 1939, il s'agit d'une question de survie : face au danger de guerre, le musée doit mettre ses chefs-d'œuvre à l'abri. En quelques jours, commence le plus grand déménagement de l'histoire des musées.

Qui s'intéresse à *L'Indifférent* ?

En septembre 1938, alors qu'on pense la guerre imminente et qu'un abri antiaérien a été aménagé sous le jardin de l'Infante, les pièces maîtresses du Louvre sont envoyées en province, à bord de camionnettes prêtées par La Samaritaine et le Bazar de l'Hôtel de Ville. Mais, dès la fin du mois, les accords de Munich viennent tout bouleverser, de sorte que toutes les œuvres reviennent à Paris ! Respectivement directeur et sous-directeur des Musées nationaux, Henri Verne et Jacques Jaujard profitent de ce répit pour perfectionner le plan d'évacuation des œuvres. Pour les accueillir, on choisit avec soin des châteaux capables de résister aux incendies, disposant d'accès commodes, mais situés à l'écart des villes, des ponts ou encore des voies ferrées, susceptibles d'être bombardés. Enfin, on tient ces destinations secrètes.

On prend la peine d'évacuer les œuvres les plus emblématiques telles que la Victoire de Samothrace.

Les préparatifs se poursuivent encore lorsque, le 11 juin 1939, on croit revivre le drame de *La Joconde* : *L'Indifférent*, minuscule chef-d'œuvre de Watteau, a disparu ! Le voleur a opéré durant l'après-midi, au beau milieu des visiteurs, en profitant de l'extrême petitesse de cette peinture, qui ne dépasse pas 26 centimètres. Dès que les gardiens s'en rendent compte, l'alarme est actionnée, les issues fermées et les visiteurs systématiquement fouillés. Mais il est trop tard : le voleur est introuvable. En outre, on tarde à appeler la police, ce qui permettra à un journaliste de titrer : « Au Louvre, on est indifférent à *l'Indifférent* ». Pire encore, alors que l'enquête piétine, un journaliste décroche une *Vierge à l'Enfant* de La Hyre et sort du Louvre avec elle, pour démontrer l'impéritie du musée ! Finalement, au bout de deux mois, le voleur de *L'Indifférent* se livre lui-même à la police : il se nomme Serge-Claude Bogousslavsky et souhaitait restaurer le tableau lui-même car il n'était pas satisfait de son entretien par le musée ! Comme il s'avère que l'opération a endommagé la peinture, l'indélicat voleur sera condamné à quatre ans de prison.

Le Louvre, éparpillé façon puzzle ?

Le 25 août 1939, une semaine avant l'invasion de la Pologne par Hitler, le musée du Louvre ferme ses portes, pour procéder à la plus grande opération d'évacuation de l'histoire des musées. Il faut envoyer en province non seulement les simples tableaux, mais aussi les œuvres les plus encombrantes, comme les décors des plafonds de la galerie d'Apollon, peints par Delacroix, ou les immenses *Noces de Cana*, avec d'infinies précautions. Malheureusement, certaines peintures de très grand format ne peuvent pas être roulées, en raison de leur tendance à s'écailler : c'est le cas du *Radeau de La Méduse* de Géricault, ou des *Pestiférés de Jaffa* de Gros, qui doivent être embarqués en position verticale sur des remorques de camions. Et comme les caisses dépassent six mètres de hauteur, le convoi est des plus encombrants : à Versailles, une équipe d'électriciens doit surélever les câbles du tramway pour permettre le passage des œuvres ! Du fait de leur poids, la plupart des sculptures resteront au Louvre durant la guerre, mais on prend tout de même la peine d'évacuer les plus emblématiques, comme les *Esclaves* de Michel-Ange, la *Vénus de Milo* ou encore la *Victoire de Samothrace*, dont le déménagement est particulièrement spectaculaire : il a fallu construire un complexe système de plans inclinés, actionné par des câbles, afin que l'immense sculpture puisse descendre majestueusement l'escalier Daru...

Certaines peintures de très grand format ne peuvent pas être roulées.

Sortie du Louvre, la *Victoire de Samothrace* file au château de Valençay, où elle rejoint les autres grandes sculptures. La plupart des peintures transitent quant à elles par le château de Chambord, qui fait office de « gare de triage », depuis laquelle les œuvres sont ensuite réparties dans d'autres refuges, à savoir des châteaux isolés dans la campagne de la Sarthe : Louvigny, Aillières, La Pelice, Sourches et Chèreperrine. Dès 1940 toutefois, face à l'avancée fulgurante de la Wehrmacht, un grand nombre d'œuvres sont déplacées jusque dans le sud-ouest du pays. Quant aux pastels du Cabinet des dessins, particulièrement fragiles, ils sont stockés dans les sous-sols de la Banque de France, où les conditions de conservation sont optimales. Enfin, comme il est impossible de tout évacuer, le Louvre lui-même conserve encore une bonne partie de ses collections, stockées dans les sous-sols, à l'abri des bombardements.

Le « musée du vide » ?

Liés par la convention de Genève qui interdit les saisies d'œuvres d'art, les Allemands respectent les collections du Louvre durant toute l'Occupation. Une chance dont ne bénéficieront pas les familles juives françaises, dont les collections sont pillées par les nazis. Les autorités d'occupation réquisitionnent d'ailleurs trois salles du rez-de-chaussée de la Cour Carrée pour entreposer les œuvres confisquées aux Juifs. Elles sont si vite remplies que le bâtiment du Jeu de paume, dans le jardin des Tuileries, sera bientôt réquisitionné à son tour, au cours de ce qui reste l'une des pages les plus sombres de l'histoire du musée.

Pour le reste, pas ou peu de déprédations : Joachim von Ribbentrop, ministre des Affaires étrangères du Reich et grand amateur des peintures de François Boucher, tente bien de récupérer la *Diane sortant du bain*, mais le directeur des Musées réagit habilement en lui demandant en échange *L'Enseigne de Gersaint*, un inestimable grand format de Watteau conservé à Berlin, sachant pertinemment que Ribbentrop refuserait... Finalement, une seule œuvre du Louvre est emportée illégalement en Allemagne : la célèbre *Sainte Marie Madeleine* de Gregor Erhart, superbe statue de bois polychrome du XVe siècle, qu'Hemann Göring fait transférer dans l'une de ses résidences – elle sera restituée à la fin de la guerre.

Pour occuper les soldats de la Wehrmacht en permission à Paris, les autorités d'occupation ordonnent d'ouvrir le Louvre. Les Parisiens qui ont le cœur à s'y rendre en profitent également, mais ils ne tardent pas à le surnommer « le musée du vide », car les salles sont particulièrement dégarnies, pour ne pas dire à l'abandon ! L'attitude de l'Espagne franquiste n'aide pas à inverser la tendance, car en profitant de leur entente avec l'Allemagne hitlérienne, les autorités madrilènes réclament le retour d'œuvres qu'ils estiment avoir été acquises illicitement : le buste de la *Dame d'Elche*, chef-d'œuvre de la sculpture ibère du Ve siècle avant J.-C., des couronnes wisigothiques conservées au musée de Cluny et surtout l'*Immaculée Conception* de Murillo, sommet de la peinture espagnole du XVIIe siècle. De lourdes pertes pour le Louvre, qui ne reçoit en échange que des œuvres de moindre valeur, dont un portrait d'El Greco. En revanche, c'est également durant la guerre que le musée parvient d'acquérir le magnifique portrait équestre *Le Chancelier Séguier* par Le Brun.

Enfin, après quatre années de plomb, Paris se libère, et le Louvre avec elle. Le 23 août 1944, alors que 500 prisonniers allemands sont parqués dans la Cour Carrée, le drapeau tricolore est hissé au sommet du pavillon de l'Horloge. Il faudra toutefois patienter encore un peu pour revoir les œuvres exilées en province : elles ne reviennent au Louvre qu'une fois la guerre terminée, le 8 mai 1945... On n'est jamais trop prudent !

Le 23 aout 1944, 500 prisonniers allemands sont parqués dans la Cour Carrée.

Le saviez-vous ?

Les mille voyages de *La Joconde*

Pendant la Seconde Guerre mondiale, *La Joconde* est l'œuvre du Louvre qui voyage le plus, et dans les conditions les plus privilégiées. Une caisse en bois de peuplier à double paroi est fabriquée sur mesure, avec mallette capitonnée, papier imperméable et feuille d'amiante ignifuge. Étiquetée discrètement « MNLP n°0 », la caisse porte trois points rouges pour signaler sa valeur. Évacuée le 28 août 1939, elle rejoint successivement les châteaux de Chambord, Amboise, Louvigny, puis l'abbaye de Loc-Dieu, le musée Ingres de Montauban, et enfin le château de Montal, où elle est confiée au conservateur René Huyghe. Après presque six ans d'exil, *La Joconde* rentre au Louvre le 17 juin 1945... toujours souriante.

Comment devient-on le plus grand musée du monde ?

Le 24 décembre 1981, François Mitterrand annonce un projet majeur pour le Louvre : l'évacuation du ministère des Finances de l'aile Rivoli et le doublement de la surface du musée. Porté par un président passionné de culture, sans doute influencé par Anne Pingeot, conservatrice au Louvre et sa compagne secrète, le Grand Louvre voit enfin le jour. Mais sa réalisation, menée tambour battant, déclenche la plus grande polémique architecturale de l'histoire parisienne.

Une pyramide au Louvre ?

D'emblée, le projet voulu par François Mitterrand pour le Louvre prend une allure royale : agissant comme un véritable souverain républicain, le président se réserve toutes les décisions. La première étant de ne pas confier le chantier au ministère de la Culture, mais à une sorte de « chef d'orchestre » indépendant, Émile Biasini, un ancien collaborateur de Malraux. Et quand se pose la question cruciale du choix de l'architecte,

L'architecte sino-américain Ieoh Ming Pei reçoit deux milliards de francs pour mener à bien ce projet... pharaonique.

Porté par un président passionné de culture, le Grand Louvre voit enfin le jour.

le président de la République envisage plusieurs grands noms, dont un se détache particulièrement : le sino-américain Ieoh Ming Pei, auteur d'une extension de la National Gallery de Washington, que François Mitterrand visite en 1980. Dès lors, le choix du président est fait, mais cette décision de confier le Louvre à un architecte étranger, qui plus est sans même prendre la peine de lancer un concours, est mal perçue. Qu'importe, c'est le fait du prince ! Pei est officiellement désigné et obtient une enveloppe de deux milliards de francs pour mener à bien un projet qui s'annonce pharaonique, dans tous les sens du terme...

Avant d'agir, Ieoh Ming Pei étudie longuement le Louvre, dont il s'efforce de comprendre les besoins et les contraintes, qui sont nombreuses. Tout l'enjeu est de parvenir à relier les trois principales parties du musée : la Cour Carrée (aile Sully), l'ancien ministère des Finances (aile Richelieu) et le secteur de la Grande Galerie (aile Denon). L'architecte trouve alors une solution à la fois simple et très ambitieuse : réunir les trois parties du musée autour d'un immense espace souterrain, situé sous la cour Napoléon et signalé en surface par une entrée monumentale. Une solution qui aura également l'avantage de débarrasser la cour des squares, statues et autres parkings qui l'encombrent alors, et ainsi d'ouvrir la vue sur l'immense perspective en direction de l'Arc de Triomphe...

Si personne ne conteste vraiment les grandes lignes du projet de Pei, en revanche la forme qu'il envisage de donner à l'accès principal du musée déclenche une polémique sans précédent. Il faut dire que le projet de l'architecte a de quoi surprendre : pour accueillir l'entrée du musée, il imagine une pyramide de verre de 21 mètres de hauteur, en plein centre de la cour Napoléon. Une architecture de verre et de métal ultramoderne, au beau milieu d'un palais séculaire ? On crie au scandale ! C'est le début de ce qu'on ne tarde pas à appeler la « bataille de la pyramide », la plus violente controverse jamais provoquée par la construction d'un monument à Paris. À vrai dire, la polémique se double d'un clivage politique : la plupart des personnalités de gauche approuvent le projet, autant pour soutenir le président socialiste que par tradition progressiste, tandis qu'à droite, on rejette le projet tant par conservatisme que par désir d'opposition au président... C'est une nouvelle querelle des Anciens et des Modernes !

Une bataille droite-gauche ?

Le projet de Pei impliquant d'excaver l'ensemble de la cour Napoléon, il fallait naturellement procéder à des fouilles archéologiques au préalable, afin de ne pas perdre la mémoire du sol. On en profite alors pour fouiller également la Cour Carrée, où les bases du château de Philippe Auguste, déjà dégagées superficiellement en 1863, sont exhumées. Les fouilles effectuées au Louvre sont alors les plus grandes jamais réalisées en France, mais même en matière d'archéologie, le chantier n'échappe pas au clivage droite-gauche : dans la Cour Carrée, Michel Fleury dirige le dégagement un château royal, tandis que dans la cour Napoléon, Pierre-Jean Trombetta se livre à l'archéologie d'un

Les fouilles effectuées au Louvre sont alors les plus grandes jamais réalisées en France.

quartier populaire parisien… Séparées par des opinions politiques opposées, les deux équipes de fouille se détestent et l'ambiance est à couteaux tirés.

Passé la phase des fouilles, le chantier du Grand Louvre avance vite : dès la fin de l'année 1985, on aménage la crypte archéologique, qui permettra de présenter au public les vestiges du Louvre de Philippe Auguste. Couvertes de verrières, les cours intérieures des ailes latérales sont quant à elles transformées en salles d'exposition pour les sculptures monumentales des XVIIe et XVIIIe siècles : on y installe notamment les fameux *Chevaux de Marly*, dans un dédale d'escaliers et de plates-formes qui permettent d'observer les œuvres sous toutes leurs coutures. Quant à l'immense hall coiffé par la pyramide de verre, il est édifié en quelques années seulement : dès le 4 mars 1988, on inaugure la nouvelle entrée du musée.

Dans l'intervalle, toutefois, le projet du Grand Louvre a subi un grave contretemps : au printemps 1986, les élections législatives permettent à la droite de revenir au pouvoir. Nommé ministre des Finances, Édouard Balladur insiste alors pour que son ministère soit réinstallé dans l'aile Rivoli du Louvre, pourtant déjà entièrement vidée en prévision des travaux ! Un caprice uniquement destiné à entraver le projet présidentiel, et qui coûtera aux contribuables français la bagatelle de 25 millions de francs… pour seulement quelques mois d'utilisation effective. Dès le mois de mai 1988, en effet, lorsque François Mitterrand est reconduit à l'Élysée, le ministère des Finances est évacué pour de bon. Dès lors, le projet du Grand Louvre ne rencontre plus d'obstacle.

Quel avenir pour le Louvre ?

Le 8 novembre 1993, enfin, la nouvelle aile Richelieu ouvre ses portes au public. Le Grand Louvre est né, et c'est une réussite totale : le musée dispose désormais de 60 000 mètres carrés de salles ouvertes au public, soit le double de ce qui existait auparavant. En outre, les réserves, les ateliers et les différents services installés au sous-sol constituent désormais une véritable ville souterraine, qui facilite le fonctionnement du musée. Paradoxalement toutefois, ce nouveau Louvre est un peu moins riche que par le passé, car pour enrichir le

Le 8 novembre 1993, l'aile Richelieu ouvre au public : le Grand Louvre est né, doublant la surface du musée avec 60 000 m² de salles.

musée d'Orsay, qui ouvre ses portes en 1986, le Louvre a dû non seulement se séparer des impressionnistes – déjà installés au Jeu de Paume depuis l'après-guerre – mais aussi de nombreux chefs-d'œuvre signés Courbet, Corot, Millet, Ingres ou Daumier, tous partis de l'autre côté de la Seine... De la même façon, les collections d'art asiatique du Louvre ont été transférées au musée Guimet, libérant ainsi de l'espace dans l'aile de Flore, désormais consacrée en grande partie aux activités de recherche et d'enseignement. Mais à ce prix, le Louvre est devenu un musée résolument moderne, car ce qu'il a perdu en richesse, il l'a largement regagné en cohérence et en qualité de présentation.

Alors qu'il fait son entrée dans le XXIe siècle, le Louvre poursuit son enrichissement et son évolution, marquée par quelques étapes majeures, comme l'ouverture du département des Arts de l'Islam en 2012, dans la cour Visconti, ou la création du Louvre-Lens la même année, première antenne du musée en province. Cinq ans plus tard, c'est même à l'échelle internationale que le Louvre poursuit son expansion, avec l'inauguration du Louvre Abu Dhabi, installé dans un magnifique écrin dessiné par Jean Nouvel... À vrai dire, le Louvre n'en finit pas de se réinventer, car tout récemment encore, le président de la République a annoncé un vaste plan pour de nouveau moderniser le Louvre, avec la création d'une nouvelle entrée en plus de la pyramide de Pei, et la mise en place d'un espace dédié spécifiquement à *La Joconde*.

C'est fort de cette capacité d'évolution apparemment sans limite que le Louvre est aujourd'hui devenu le « plus grand musée du monde », selon l'expression consacrée. Il faut dire qu'avec 70 000 mètres carrés d'espaces d'exposition, 500 000 œuvres dans sa collection dont plus de 30 000 présentées au public, et près de neuf millions de visiteurs annuels, le Louvre est bel et bien le musée de tous les records, à l'échelle mondiale. Une fierté pour la France, bien sûr, mais faut-il encore considérer le Louvre dans une perspective nationale ? L'acquisition des fantastiques *Portraits d'Oopjen Coppit en costume à la française et de Maerten Soolmans* de Rembrandt, réalisée en partenariat avec le Rijskmuseum d'Amsterdam en 2016, montre combien l'avenir du Louvre passe désormais par l'internationalité. Plus florissant que jamais, le musée est devenu bien plus que le fer de lance de la culture française : il est désormais un centre de rayonnement de l'art à l'échelle mondiale. La composition de ses visiteurs, aux trois quarts de nationalité étrangère, ne fait que le confirmer. S'il a été et restera toujours le palais historique des rois de France, le Louvre est devenu aujourd'hui un musée pour le monde entier, inscrit dans une salutaire dialectique entre le passé et l'avenir.

Le Louvre est devenu aujourd'hui un musée pour le monde entier.

Le saviez-vous ?

La Victoire de Samothrace, un puzzle ?

Elle est devenue si indissociable du Louvre qu'on a l'impression qu'elle s'est toujours trouvée là, au sommet de l'escalier Daru… Et pourtant, si la *Victoire de Samothrace* est arrivée au Louvre dès 1864, il lui faudra près d'un siècle pour prendre sa forme actuelle ! En effet, lorsqu'il découvre la statue le 13 avril 1863 dans l'île de Samothrace, le consul de France à Andrinople, Charles Champoiseau, ne trouve que le corps en plusieurs morceaux d'une grande statue féminine, ainsi que de grands blocs de marbre gris. Mais comme la statue elle-même est en marbre blanc, on ne fait pas le rapprochement : seuls les fragments de la figure féminine sont envoyés à Paris. Une première restauration est alors entreprise, mais certains éléments sont trop isolés pour pouvoir être assemblés au reste. On n'installe donc au Louvre que la partie principale du corps, privée de la partie droite du buste et de ses ailes. Mais en 1875, à Samothrace, des archéologues autrichiens découvrent deux doigts de la statue, et comprennent que les morceaux de marbre gris laissés sur place sont ceux d'un monumental socle en forme de proue de navire. Alors, Champoiseau vient récupérer les éléments du socle, qui sont remontés au Louvre, tandis que la statue elle-même est complétée par plusieurs morceaux du buste et par l'aile gauche, fixée grâce à une armature métallique. Pour faire bonne mesure enfin, on invente une aile droite en plâtre, de sorte que seuls la tête et les bras manquent encore à la *Victoire*. En 1950, enfin, des archéologues américains découvrent encore la paume de la main droite de la statue, qui est offerte au Louvre et complétée par les deux doigts que possédait le Kunsthistorische Museum de Vienne. Une main que, faute de bras, il est évidemment impossible de joindre à la statue, et qu'on expose donc dans une vitrine séparée. Toujours incomplet, le puzzle de la *Victoire de Samothrace* ne sera probablement jamais terminé, mais qu'importe, car sous sa forme actuelle, la statue est si emblématique qu'il est devenu presque impossible de l'imaginer plus belle encore !

DU MÊME AUTEUR

L'Europe des rois, Lieu Commun, 1988.

Les Couronnes de l'exil, Balland, 1990.

La Monarchie dans tous ses états, Balland, 1992.

Moi, Amélie, dernière reine de Portugal, Denoël, 1997.

Diana, princesse des coeurs, Michel Lafon, 1997.

God Save the Queen, Michel Lafon, 1998.

Rainier de Monaco et les Grimaldi, L'Archipel, 1999.

Mon royaume à moi, Albin Michel, 2000.

Diane de France, la princesse rebelle, Flammarion, 2003.

Un si joli monde, Flammarion, 2006.

Plus belle sera la vie, Plon, 2007.

Grace Kelly, Albin Michel, 2007.

Une vie de chien, Albin Michel, 2009.

Oubliez-moi, Flammarion, 2009.

Au coeur de l'Écosse, avec Franck Ferrand, Flammarion, 2009.

Le Livre fou... du Roi, Flammarion / Radio-France, 2010.

Secrets d'Histoire, Albin Michel, 2010.

Secrets d'Histoire 2, Albin Michel, 2011.

L'Histoire du mariage princier, avec Robert Calcagno Musée océanographique de Monaco, Éditions du Rocher, 2011.

Le Destin d'une Reine, Albin Michel, 2012.

Secrets d'Histoire 3, Albin Michel, 2012.

Le Bel Esprit de l'Histoire, Albin Michel, 2013.

Secrets d'Histoire 4, Albin Michel, 2013.

Châteaux royaux de France, Albin Michel, 2013.

Les Pourquoi de l'Histoire, Albin Michel, 2014.

Secrets d'Histoire 5, Albin Michel, 2014.

Les Pourquoi de l'Histoire 2, Albin Michel, 2015.

Secrets d'Histoire 6, Albin Michel, 2015.

Secrets d'Histoire illustrés, Albin Michel, 2015.

Le Village préféré des Français, Albin Michel, 2015.

Les Pourquoi de l'Histoire 3, Albin Michel, 2016.

Secrets d'Histoire 7, Albin Michel, 2016.

Mon Luxembourg (photos : Guillaume de Laubier), Flammarion, 2016.

Piques & répliques de l'Histoire, Albin Michel, 2017.

Vallée royale de l'Eure, de Chartres à Rouen, avec Alexis Robin, Sagamédias, 2017.

Secrets d'Histoire. La Renaissance, Albin Michel, 2017.

Les Pourquoi de l'Histoire 4, Albin Michel, 2018.

Le Village préféré des Français : La France et ses villages, Albin Michel, 2018.

Secrets d'Histoire 8, Albin Michel, 2018.

Pourquoi sont-ils entrés dans l'Histoire, Albin Michel, 2019.

Sauvons notre patrimoine, Plon, 2019.

Secrets d'Histoire 9, Albin Michel, 2019.

Les Records de l'histoire, Albin Michel, 2020.

Mon cahier de vacances-Secrets d'histoire, Albin Michel, 2020.

Secrets d'Histoire 10, Albin Michel, 2020.

Laissez-vous guider : Le Paris du Moyen Âge, avec Lorànt Deutsch, Michel Lafon, 2020.

Mon cahier de vacances-Secrets d'histoire, Albin Michel, 2021.

Un Amour souverain, avec la Grande-Duchesse du Luxembourg, Albin Michel, 2021.

Laissez-vous guider : Au coeur de la Révolution française, avec Lorànt Deutsch, Michel Lafon, 2021.

Laissez-vous guider : Sur les pas de Napoléon, avec Lorànt Deutsch, Michel Lafon, 2021.

La vie retrouvée d'un collège royal, Albin Michel, 2022.

En vacances avec Stéphane Bern – Spécial histoire, Plon, 2023.

La Reine qui aimait la France, Plon, 2023.

Les secrets du château de Windsor, Plon, 2023.

Les Énigmes de l'Histoire, La Maison-Blanche, Fayard, 2024.

Cahier de Vacances, Histoire, Fayard, 2025.

REMERCIEMENTS

Je souhaite d'abord adresser ma profonde gratitude à vous, chers lecteurs, qui m'accompagnez avec tant de fidélité au fil des années et de mes aventures.

Je remercie chaleureusement mon éditrice exceptionnelle, Lise Boëll, pour sa confiance précieuse et son enthousiasme constant, ainsi que sa précieuse collaboratrice Estelle Cerutti, sans oublier Denis Hayot et Florence Boursot, la talentueuse directrice littéraire qui a accompagné cet ouvrage.
Merci à toutes les équipes des Éditions Fayard pour leur contribution.

Un immense merci également à Ségolène Danton, dont le soutien indéfectible rend possible bien des projets, et à Yori Bailleres pour sa grande patience.

Crédits photographiques

© AFP :
© Patrick KOVARIK : 211 ; © Michel CLEMENT : 213 ; © MIGUEL MEDINA ; 214.

© Bibliothèque Nationale de France :
61, 90, 149.

© Bridgeman Images :
13, 22, 23, 43, 45, 46, 50, 56, 65, 76, 85, 97, 110, 114, 118, 122, 124, 133, 135, 139, 142, 144, 147, 151, 153, 160, 163, 164, 166, 169, 172, 174, 180, 183, 184, 191, 192, 193, 197, 216 ; © Photo Josse : 19, 33, 34, 47, 60, 73, 74, 77, 86, 105, 120, 137, 181 ;© Universal History Archive/UI : 20 ; © Stair Sainty, London : 29 ; © Heritage Images : 31 ; © Erich Lessing : 32 ; Royal Collection Trust / © His Majesty King Charles III, 2025 : 41 ; © Luisa Ricciarini : 52, 66, 91 ; © Saint Louis Art Museum / Museum Purchase : 55 ; G. Dagli Orti /© NPL - DeA Picture Library : 58 ; © CCI : 64, 93 ; © Bernard Bonnefon. All rights reserved 2025 : 68 ; © Look and Learn : 71, 126 ; Stefano Bianchetti : 79 ; © Tallandier : 82, 127, 162, 199 ; © Leonard de Selva : 83, 116, 200 ; © Mr. and Mrs. William H. Marlatt Fund : 102 ; © Mary Evans :103 ; © Peter Willi : 107, 186 ; © Christie's Images : 107, 186 ; Gerard Degeorge / Bridgeman Images : 129 ;
Royal Collection Trust / © His Majesty King Charles III, 2025 : 141 ; © Mondadori Portfolio : 202 ; © AGIP : 210.

© Musée Carnavalet / T. Hoffbauer : 99

© CCO :
Ville de Paris / BHVP : 21, 100 ; Paris Musées / Musée Carnavalet - Histoire de Paris : 89, 94, 112, 123, 138, 157, 171, 189 ; The Metropolitan Museum of Art : 125, 178 ; Nationalmuseum Stockholm : 152.

© Collection Château de Versailles :
Louis-Félix Amiel, 1837 (détail). Domaine public. : 11 ; Gillot Saint-Evre. Domaine public. : 27

© RMN :
© Musée du Louvre, Dist. GrandPalaisRmn / Jean-Gilles Berizzi : 15, 155 ; © GrandPalaisRmn (Château de Versailles) / Gérard Blot : 24 ; © Musée du Louvre, Dist. GrandPalaisRmn / Antoine Mongodin : 28 ; © GrandPalaisRmn (Château de Versailles) / Christian Jean, Hervé Lewandowski : 36 ; Musée du Louvre, Dist. GrandPalaisRmn/ Michel Urtado : 39 ; © The British Museum, Londres, Dist. GrandPalaisRmn / The Trustees of the British Museum : 44 ; © GrandPalaisRmn / Tony Querrec : 48 bas ; © GrandPalaisRmn (musée du Louvre) / Thierry Le Mage : 63, 145 ; © GrandPalaisRmn (Château de Fontainebleau) / Gérard Blot, Jean Schormans : 81 ; © GrandPalaisRmn (Château de Versailles) / Franck Raux : 108 ; © GrandPalaisRmn / Agence Bulloz : 130 ; © GrandPalaisRmn (musée du Louvre) / Stéphane Maréchalle : 161, 194 ; © GrandPalaisRmn (musée du Louvre) / Christophe Chavan : 173 ; © GrandPalaisRmn (musée du Louvre) / Thierry Ollivier : 177 ; © GrandPalaisRmn (Château de Versailles) / Daniel Arnaudet, Gérard Blot : 187 ; © Droits réservés/© Centre Pompidou, MNAM-CCI Bibliothèque Kandinsky, Dist. GrandPalaisRmn / Fonds Marc Vaux : 205.

Roger-Viollet :
© Pierre Jahan : 206 ;
© Fonds Jean Roubier : 209.

L'Éditeur s'est efforcé de trouver tous les détenteurs du copyright de toutes les illustrations reproduites dans l'ouvrage. S'il se trouvait d'autres personnes estimant pouvoir faire valoir des droits sur certains documents, nous les prions de prendre contact avec l'Éditeur dans les plus brefs délais.

Cet ouvrage a été imprimé en Espagne
par GRAFICAS ESTELLA, S.L.
Estella-Tafalla km 2
31132 - Villatuerta-Estella
Navarra

pour le compte des Éditions Fayard
13, rue du Montparnasse, 75006 Paris
info-fayard@editions-fayard.fr
en août 2025

PAPIER CERTIFIÉ

fayard s'engage pour l'environnement en réduisant l'empreinte carbone de ses livres. Celle de cet exemplaire est de :
1.600 kg éq. CO_2
Rendez-vous sur www.fayard-durable.fr

No éditeur : 85.0596.4/01